Felder
Fleet
Moor
1
2
3
6
8
9
10
11
12
13
14
15
16
17
18
19
20
21
22

Bernd Perplies & Christian Humberg

DRACHENGASSE 13

Schrecken über Bondingor

EDITION
ROTER DRACHE

Klimaneutral
Druckprodukt
ClimatePartner.com/14701-2102-1005
Dieses Buch wurde klimaneutral gedruckt.

Verpassen Sie kein spannendes Abenteuer aus der *Drachengasse 13*-Reihe!

Schrecken über Bondingor

Weitere Bände sind in Vorbereitung.

1. überarbeitete Neuauflage Oktober 2021

Edtion Roter Drache, Holger Kliemannel, Am Hügel 7, 59872 Meschede

edition@roterdrache.org; www.roterdrache.org

Umschlagillustration und Vignetten: Lea Heidenreich

Landkarte: Daniel Ernle

Umschlaggestaltung: Holger Kliemannel

Korrektorat: Katharina Matschiske

Gesamtherstellung: Jelgavas tipografia

ISBN 978-3-96815-027-7

Inhalt

TOMRIN von Wiesenstein ist zwölf und der Sohn des Hauptmanns der Stadtgarde. Er ist stark, mutig und immer bereit, Freunden in Not zu helfen. Manchmal neigt er aber dazu, loszustürmen, ohne vorher nachzudenken.

HANISSA (Nissa) ist zwölf und wohnt mit ihrer Mutter, einer Köchin, in der Magischen Universität. Dort lernt Hanissa heimlich zaubern, obwohl das eigentlich nur Jungs dürfen. Ihre Freunde Sando und Tomrin staunen immer wieder, was sie schon alles kann.

SANDO ist dreizehn und lebt im Hafenviertel. Seit dem Tod seiner Eltern sorgt der Zwerg Gump für ihn, dem die Schenke GUMPS BRANDUNG gehört. Sando ist auf der Straße zu Hause und kennt sich dort aus wie kein Zweiter.

Für unsere Testleser
Andi, Katja, Olivia, Yvonne und Yannik
– die Ersten, die sich auf Bondingors Straßen wagten.

Kapitel 1

Eine unerwartete Freundschaft

»He, bleib stehen, du Dieb!« Tomrin drückte dem überraschten Alfert den Korb mit Äpfeln in den Arm, den er für ihn getragen hatte. Dann drehte er sich um und sprintete los.

»Herr Tomrin, wo wollt Ihr hin?«, rief ihm der alte Diener seiner Familie verzweifelt nach. »Ihr könnt doch nicht einfach davonlaufen.«

»Keine Sorge, Alfert, ich bin gleich wieder da«, erwiderte Tomrin. Der Junge mit dem strohblonden Haar blickte kurz über die Schulter, um sich zu vergewissern, dass ihm Alfert nicht folgte. Manchmal versuchte er, ihm nachzueilen. Natürlich konnte er in seinem Alter den Jungen unmöglich einholen. Aber er war nicht immer klug genug, das auch einzusehen.

Aus den Augenwinkeln bemerkte Tomrin plötzlich ein großes Hindernis. Er richtete den Blick wieder nach vorn und riss die Augen auf, als er den Eselskarren sah, der von links herangerumpelt kam. Ohne nachzudenken, machte der Junge einen Satz zur Seite. Gerade noch rechtzeitig! Er verfehlte das Gefährt nur um Haaresbreite.

Tomrin unterdrückte einen Fluch und rannte weiter.

Auf dem Marktplatz von Bondingor herrschte ein furchtbares Gedränge. Menschen, Zwerge, Elfen und Angehörige anderer Völker schoben sich durch die Gassen zwischen den Verkaufsständen. Händler priesen mit lautem Geschrei ihre Waren an, und Spielleute und Gaukler unterhielten die Besucher mit Musik und allerlei Kunststückchen. Es kam Tomrin so vor, als habe sich die halbe Bevölkerung der Stadt hier zum Einkauf eingefunden. Das war wirklich kein Ort für eine Verfolgungsjagd! Vor allem, wenn der Gejagte ein junger Zwerg war, der flink wie ein Hase an den hölzernen Buden und Ständen vorbeiflitzte.

Doch der Zwerg hielt den Geldbeutel des rothaarigen Mädchens in der Hand. Sie hatte gerade neben Tomrin und Alfert Kartoffeln und Kohl gekauft, als der Dieb zugeschlagen hatte. Damit würde ihn Tomrin nicht entkommen lassen. Schließlich war er der Sohn des Hauptmanns der Stadtgarde von Bondingor, und damit ging eine gewisse Verpflichtung einher.

Tomrin verdoppelte seine Anstrengungen, den Zwerg einzuholen. Er sprang über einige Bastkörbe, die ihm im Weg standen. Gleich darauf musste er einer schnatternden Gnomenfamilie ausweichen. Dann zog er den Kopf ein, als er unter den an einem Balken hängenden Kesseln und Pfannen eines Topfmachers hindurcheilte.

»Haltet den Dieb!«, rief er den Umstehenden zu.

Ein hünenhafter Kerl, der aussah wie ein Landarbeiter, versuchte, den Zwerg zu ergreifen. Dieser wich den träge zupackenden Pranken allerdings ohne Schwierigkeiten aus. Zugleich stieß der Dieb einen bunt gekleideten Elfen zur Seite, der ihm unabsichtlich den Weg verstellte – der Unglückliche landete mit einem überraschten Aufschrei in der stark riechenden Auslage eines Flussfischers.

Keine zwanzig Schritte später hatte der Zwerg das Ende des kreisrunden Marktplatzes érreicht. Mit wehender Kapuze floh er in eine schmale Seitengasse.

Tomrin folgte ihm, ohne nachzudenken.

Er handelte oft, ohne vorher nachzudenken. Das geschah natürlich stets in guter Absicht. Trotzdem hatte er sich dadurch schon mehr als einmal in Schwierigkeiten gebracht. Aber das konnte Tomrin nicht aufhalten. Manchmal musste man einfach losstürmen oder lautstark seine Meinung sagen, anstatt immer nur zu grübeln, ob das in diesem Augenblick nun eine gute oder eine schlechte Idee war.

Das hatte Tomrin von seinem Vater geerbt, der früher ganz genauso gewesen war. Jedermann hatte Ritter Ronan Bärenherz von Wiesenstein als tollkühnen Mann der Tat gekannt. Das war, bevor ihm Baron Berun von Bondingor die Verantwortung für die Stadtgarde übertragen hatte. Heute dachte Ritter Ronan erst einmal nach, bevor er das Schwert zog. Vielleicht würde Tomrin auch so werden – in ein paar Jahren, wenn er erwachsen war.

Doch jetzt war Tomrin zwölf und ließ sich meist von seinen Gefühlen leiten. Daher rannte er dem jungen Zwerg weiter hinterher. Er war wild entschlossen, den Dieb zu stellen. Leider hatte er in seinem Eifer vergessen, wie verwinkelt das Labyrinth aus Gässchen und Straßen in der Altstadt südlich des Marktplatzes war. Der Zwerg hingegen kannte sich hier verflixt gut aus. Innerhalb weniger Augenblicke war er um Hausecken herum und durch schmale Durchgänge zwischen den Gebäuden verschwunden.

Für eine kurze Weile folgte Tomrin noch dem Echo der Schritte des Diebes auf dem Kopfsteinpflaster. Doch dann verstummte auch das. Und plötzlich stand

Tomrin in einer Sackgasse direkt vor der Rückwand eines zweistöckigen Fachwerkhauses. Er hatte die Spur verloren.

»Mist!«, fluchte er leise.

Er überprüfte die Wand auf irgendwelche verborgenen Schlupflöcher, blieb dabei aber erfolglos.

»Riesenmist!« fluchte er gleich wieder.

»Wie ich sehe, ist er dir entkommen«, vernahm er eine Stimme in seinem Rücken.

Erschrocken wirbelte Tomrin herum.

Es war das rothaarige Mädchen, dem der Geldbeutel gestohlen worden war und das nun mit gerötetem Gesicht und zerzaustem Haar am Eingang der Gasse stand. Dunkle, feuchte Flecken zierten ihr schlichtes braunes Kleid in Kniehöhe. Vermutlich war sie beim Rennen gestolpert und auf dem mit altem Obst und Gemüse übersäten Marktplatzboden gelandet.

»Was tust du denn hier?«, fragte Tomrin.

Langsam kam sie näher und blickte sich dabei neugierig um. »Ich bin dir gefolgt, was denn sonst? Immerhin wurde mir das Geld geklaut, und ich bekomme Ärger, wenn ich ohne Einkäufe nach Hause zurückkehre.«

»Hm«, brummte Tomrin. »Na, ich fürchte, dann *wirst* du Ärger bekommen. Der Bursche ist nämlich wie vom Erdboden verschluckt. Ich habe versucht, ihn einzuholen, aber er war zu schnell. Tut mir leid.«

Er wandte sich ab, um den Heimweg anzutreten.

Doch das Mädchen hielt ihn auf. »Warte«, bat sie. »Vielleicht gibt es noch eine Möglichkeit, ihn aufzuspüren.«

Sie schloss kurz die Augen und runzelte die blasse Stirn, als müsste sie sich an etwas erinnern. Dann murmelte sie einige Worte in einer Sprache, die Tomrin nicht kannte. Die Finger ihrer rechten Hand bewegten sich, als spielten sie auf einer unsichtbaren Harfe.

»Was machst du?«, fragte er verwundert.

Das Mädchen öffnete die Augen. »Schau her …«

Auf einmal erschien mitten in der Luft ein golden glitzerndes Band aus Licht. Es fing an ihrer Hüfte an, dort, wo der Geldbeutel an ihrem Gürtel gehangen hatte, und führte die Gasse hinab. Schließlich verschwand es hinter einigen Holzfässern, die vor einer hohen Steinmauer standen.

Tomrin bemerkte, dass er vor Verblüffung den Mund weit aufgerissen hatte, und klappte ihn rasch wieder zu.

»Das ist ja unglaublich!«, staunte er.

»Das ist Magie«, erwiderte das Mädchen mit zufriedener Miene.

Tomrin blickte sie misstrauisch an. »Du kannst zaubern? Ich dachte, Frauen zaubern nicht.«

Dem Mädchen schoss das Blut ins Gesicht. »Das war nicht ich!«, erwiderte sie fast trotzig. »Der Geldbeutel ist verzaubert. Meine Mutter arbeitet als Köchin in der Magischen Universität, und ich helfe ihr manchmal. Darum war ich heute auf dem Markt. Den Geldbeutel hat mir der Großmagister der Magischen Universität mal geschenkt, und er hat ihn damals mit einem Findezauber belegt, damit ich ihn nicht verliere. Man muss nur ein Zauberwort sagen, und schon zeigt einem ein magischer Wegweiser, wo die Geldbörse ist.« Das Mädchen grinste triumphierend. »Gut, nicht wahr?«

»Ziemlich gut«, sagte Tomrin. »Aber wieso hast du den Spruch dann nicht gleich angewandt?«

»Auf dem Marktplatz einen Zauber auslösen?« Das Mädchen zog ungläubig die Augenbrauen hoch. »Du hast vielleicht Ideen!«

Tomrin zuckte mit den Schultern. »Na schön, ich gebe zu, das hätte für etwas Aufregung gesorgt«, gestand er. Er deutete auf die in der Luft schwebende Spur. »Wir sollten uns jetzt aber langsam an die Fersen des Zwergs heften, sonst ist er über alle Berge.«

Das Mädchen nickte. »In Ordnung. Ach, übrigens: Ich heiße Hanissa, aber meine Freunde nennen mich Nissa.« Sie hielt Tomrin den Arm hin.

Der Junge musste grinsen, denn das war ein Gruß, wie ihn normalerweise nur Männer austauschten, etwa die Soldaten bei der Stadtgarde oder die Flussschiffer am Hafen. Er wirkte seltsam unpassend bei einem jungen Mädchen. Dennoch griff er zu und drückte kurz ihr schmales Handgelenk unter dem weiten Ärmel ihres Kleides

»Tomrin, Sohn von Ritter Ronan Bärenherz. Freut mich, dich kennenzulernen.«

Hanissa lächelte ihn an.

Gemeinsam folgten sie dem schwach glitzernden goldenen Band des Findezaubers, gingen um die Holzfässer herum, und tatsächlich entdeckten sie ein verborgenes Loch in der Steinmauer.

Vorsichtig lugte Tomrin hindurch. Dahinter lag ein weiterer Hof. Durch einen Torbogen erreichte man eine Gasse, die in Richtung Süden verlief. Das goldene Band zog sich die Straße hinab und verschwand etwa hundert Schritte weiter um eine Ecke.

»Komm. Wir müssen uns beeilen«, drängte Tomrin Hanissa. Sie schlüpften auf die andere Seite und folgten dem Findezauber.

Ringsum wurden die hübschen, kleinen Fachwerkhäuser der Altstadt weniger. Stattdessen reihten sich nun mehr und mehr graue Steinbauten mit schwarzen Schindeldächern aneinander. Fässer und Kisten stapelten sich in offenen Holzschuppen. Und hier und da saßen Männer mit Bärten und zerfurchten Gesichtern vor den Türen ihrer Behausungen und flickten Netze und Segeltuchbahnen.

Tomrin sah sich überrascht um. »Wir müssen in der Nähe des Flusshafens sein!«

Der Fluss, von dem er sprach, war der Fleet, und der Hafen lag an einem weiten Bogen, den der Fleet südöstlich der Altstadt machte. Die Gegend hatte keinen guten Ruf. Es hieß, die Straßen seien nach Einbruch der Dunkelheit nicht sicher und dass in Schuppen und Hinterzimmern zwielichtige Geschäfte gemacht würden.

Zwar wusste Tomrin von seinem Vater, dass viele dieser Geschichten furchtbar übertrieben waren. Trotzdem hatte er plötzlich ein mulmiges Gefühl in der Magengegend.

Zu Recht, wie sich im nächsten Augenblick zeigte, als Hanissa und er in zwei düster dreinblickende Zwerge hineinrannten, die sie in einer Sackgasse erwarteten.

Ihre Bärte waren noch so kurz, dass die beiden kaum älter als dreißig sein konnten – was für einen Zwerg ziemlich jung war. Außerdem sahen sie sich so ähnlich, dass sie Brüder sein mussten. Der Schmächtigere der beiden hielt Hanissas Geldbeutel in der Hand, auf dessen Vorderseite ein fremdartiges Zeichen eingestickt war. Dort endete das glitzernde Band des Findezaubers.

»Habt ihr zwei euch nicht verlaufen?«, fragte der größere Zwerg unfreundlich. Er zog dabei die buschigen Augenbrauen so stark zusammen, dass sie sich beinahe berührten.

Tomrin setzte zu einer Erwiderung an, doch Hanissa war schneller. »Nein, haben wir nicht. Gebt mir sofort meinen Geldbeutel zurück.«

»Na, das nenne ich mal ein tapferes kleines Ding«, bemerkte der Zwerg und gluckste, als habe er einen Witz gemacht. Der Satz war auch wirklich recht lustig, denn genau genommen war Hanissa ein paar Zentimeter größer als der Halunke – wenn auch nicht halb so breit.

Tomrin trat vor. »Wir sind nicht zum Scherzen aufgelegt.«

»Prima«, gab der junge Zwerg zurück. »Wir auch nicht. Stimmt's, Bruder?«

Sein Gefährte nickte eifrig. »Ganz richtig.«

»Also verschwinde, Nacktgesicht. Lauf nach Hause zu Mami und Papi.« Er spuckte auf den Boden.

Tomrin spürte, wie Zorn in ihm hochkochte. »Na warte!«, rief er erbost und ging – natürlich ohne darüber nachzudenken – auf den Zwerg los, um ihn zu Boden zu werfen.

Doch der Zwerg ließ den Jungen an seiner breiten Brust abprallen und schubste ihn gegen seinen Bruder. Dieser versuchte, Tomrin festzuhalten, und jaulte schmerzerfüllt auf, als ihm der Junge den Ellbogen in die Rippen rammte.

Der größere Zwerg machte Anstalten, seinem Bruder zu helfen. Doch Hanissa sprang ihm von hinten auf den Rücken und trommelte ihm mit beiden Fäusten auf den breiten Schädel. Fluchend versuchte er, sie abzuschütteln.

Währenddessen brachte Tomrin den Schmächtigen mit einem geschickten Fußtritt in die Kniekehlen zu Fall. Dann warf er sich auf ihn und rollte mit ihm über den staubigen Gassenboden, um ihm den Geldbeutel zu entringen.

Beinahe wäre es ihm auch gelungen. Tomrin hatte seinen Gegner bereits unter sich, als ihn ein lautes Rufen stoppte. »Hör auf – oder deiner Freundin ergeht es schlecht!«

Tomrin schaute auf, und für einen Moment setzte sein Herz vor Schreck aus. Der größere Zwerg hielt Hanissa mit einer Hand fest umklammert. In der anderen hatte er ein schartiges Messer, mit dem er vor ihrem Gesicht herumfuchtelte.

»Du Mistkerl!«, schleuderte ihm Tomrin entgegen. »Lass Hanissa los.«

»Lass meinen Bruder los«, gab der Zwerg zurück. Seine Haare standen nach dem Angriff des Mädchens in alle Himmelsrichtungen ab.

»Erst du Hanissa.«

»Ich habe das Messer. Ich bin der Einzige, der hier Forderungen stellen darf, klar?«

»Ich …« Tomrin presste die Lippen zusammen und schluckte den Rest des Satzes hinunter. Er durfte den Zwerg nicht zu sehr reizen, wenn er seine neue Freundin nicht weiter in Gefahr bringen wollte.

In diesem Moment meldete sich eine gebieterische Stimme zu Wort. »Holla! Was ist denn hier los?«

Tomrins Kopf fuhr herum, und auch die Übrigen blickten überrascht auf.

Der am Boden liegende Zwerg ächzte. »Sando!«

Auf der Steinmauer am Ende der Sackgasse stand ein Junge. Er trug ein schmutziges Hemd und mehrfach geflickte Hosen und hatte halblanges schwarzes Haar. Sein rechtes Ohr zierte ein dunkler Ohrring, und um seine Oberarme und Handgelenke schlangen sich mehrere Bänder. Breitbeinig und die Arme vor der Brust verschränkt, blickte er von oben auf sie herab.

Als er merkte, dass er die ungeteilte Aufmerksamkeit aller Anwesenden hatte, sprang er behände von der Mauer und kam kopfschüttelnd näher. »Orin und Borin. Das ist nicht euer Ernst. Ihr wollt doch nicht wirklich ein wehrloses Mädchen verletzen, oder?«

»Von wegen wehrlos«, knurrte der Zwerg, der Hanissa festhielt. »Halt dich da raus, Sando.« Aber er klang nun eher trotzig als bedrohlich.

»Tut mir leid, aber das geht nicht, Borin«, erwiderte der Junge liebenswürdig. »Denn das hier ist mein Gebiet. Und ich dulde es nicht, dass in meinem Gebiet junge Damen angegriffen werden.«

»Seit wann ist das denn *dein* Gebiet?«

»Seit eben gerade«, verkündete Sando mit breitem Lächeln. Es verschwand auch dann nicht aus seinem Gesicht, als er wie aus dem Nichts einen schlanken Dolch hervorzauberte. »Möchtest du deswegen einen Streit mit mir anfangen?«

Borin presste die Lippen zusammen, und sein Blick huschte von Sando zu Tomrin.

Dieser ließ den am Boden liegenden Orin los, stand langsam auf und versuchte, die Fingerknöchel knacken zu lassen. Es klappte nicht ganz – aber die Geste genügte.

Borin sah sich nun zwei entschlossen dreinblickenden Jungen gegenüber und ließ von Hanissa ab. »Na schön. Ganz ruhig. Wir wollen keinen Ärger, nicht wahr, Orin?«

Sein Bruder rappelte sich hustend auf und rückte seine Kapuze zurecht. »Nein, wollen wir nicht«, bestätigte er, während er Tomrin aufmerksam im Auge behielt.

»Das freut mich«, sagte Sando. »Dann würde ich vorschlagen, ihr macht euch schleunigst aus dem Staub.«

»Aber vorher will ich mein Geld zurück«, erklärte Hanissa zornig.

»Und ihr entschuldigt euch«, fügte Tomrin grimmig hinzu.

Die beiden Zwerge machten ein Gesicht, als habe ihnen jemand einen Eimer Jauche übergeschüttet. Aber sie taten, wie ihnen befohlen worden war. Sie reichten dem Mädchen den Geldbeutel, brummten eine Entschuldigung und zogen sich danach eilig zurück.

Tomrin sah, wie Borin seinem Bruder einen Stüber verpasste. »Was bist du auch für ein Volltrottel!«, schimpfte der Zwerg. »Einen magisch gesicherten Geldbeutel zu klauen!«

»Woher sollte ich wissen, dass er magisch gesichert ist?«, jammerte Orin.

»Es war ein magisches Zeichen eingestickt, Dumpfschädel.«

»Das hätte alles bedeuten können.«

Dann waren sie um die nächste Hausecke verschwunden.

Tomrin trat auf den fremden Jungen zu. »He, danke. Wir stehen in deiner Schuld.«

Sando verstaute den Dolch und winkte ab. »Ach, das war nichts.«

»Also, ich fand es ziemlich mutig, wie du den zwei Zwergen entgegengetreten bist«, mischte sich Hanissa ein, während sie ihren Geldbeutel am Gürtel befestigte, diesmal mit einem Doppelknoten.

»Orin und Borin haben doch vor ihrem eigenen Schatten Angst.« Sando grinste. »Außerdem war es sicher hilfreich, dass ich der Neffe von Gump bin. Gump hat unter den Zwergen hier ziemlich viele Freunde. Mit dem legt sich niemand einfach so an – vor allem nicht wegen einer Handvoll Münzen.«

»Trotzdem danke«, sagte Tomrin und streckte dem Jungen den Arm hin. »Sando, nicht wahr?«

»Mhm.« Der Junge ergriff ihn kurz.

»Ich bin Tomrin«, stellte Tomrin sich vor. »Und das ist Hanissa.«

»Freut mich.« Sando lächelte und zwinkerte dem Mädchen zu. »Sagt mal: Habt ihr Lust, mich zu meinem Onkel zu begleiten und dort eine Brause zu trinken? Onkel Gump macht die beste Fruchtbrause der ganzen Stadt, das schwöre ich euch.«

Tomrin nickte sofort. »Klar, gerne.« Etwas verspätet fiel ihm auf, dass er Hanissa auch mal hätte fragen können. »Natürlich nur, wenn es dir auch recht ist.«

Hanissa blickte die beiden an, den Rittersohn und den Straßenjungen, die Seite an Seite vor ihr standen und sie mit erwartungsvoll leuchtenden Augen anschauten. Und urplötzlich prustete sie los! Sofort schlug sie die Hand vor den Mund, aber das Lachen wollte nicht aufhören.

»Was ist so komisch?«, wunderte sich Tomrin.

»Nichts.« Hanissa kicherte. »Ihr zwei. Das alles hier. Ach, vergesst es. Lasst uns Fruchtbrause trinken gehen.«

Kapitel 2
Dreimal Brause in Gumps Brandung

Tomrin hatte geglaubt, er kenne sich im Hafenviertel zumindest ein klein wenig aus. Doch er hatte sich gründlich geirrt. Das wurde ihm klar, als er und Hanissa Sando durch unzählige Seitengassen und Hinterhöfe folgten: Gegen Sandos Ortskenntnis kam er nicht an – und auch die Schnelligkeit und Ausdauer des Jungen mit der geflickten Hose waren bemerkenswert.

Aus den Augenwinkeln sah Tomrin, dass Hanissa Mühe hatte, mit ihnen Schritt zu halten. Sie keuchte leise, und ihre Wangen waren gerötet. Aber offenbar war sie zu stolz, die Jungen zu bitten, etwas langsamer zu gehen.

»Warte mal, Sando«, rief er an ihrer Stelle.

Der hielt sofort an.

»War ich zu schnell?«, fragte Sando lächelnd. Er strich sich eine Strähne seines schulterlangen Haares aus der Stirn und trat zu ihnen. »Ihr müsst entschuldigen. Normalerweise bin ich hier allein unterwegs.«

Und wahrscheinlich läufst du dabei ständig vor irgendwelchen Leuten weg, die du in diesem Wirrwarr aus Gassen abhängen musst, dachte Tomrin. *Kein Wunder, dass du so flink bist.*

Er wusste nicht, was er von diesem Jungen halten sollte. Einerseits hatte sich Sando als furchtloser Retter erwiesen, doch andererseits … Nun ja, er war eindeutig hier zu Hause, ein Kind dieser Straßen. Und somit gehörte er zu genau denjenigen, vor denen Tomrins Vater seinen Sohn immer warnte.

»Straßenkinder stehlen«, hatte Ronan ihm erklärt. »Sie lügen und tricksen, um sich einen Vorteil zu verschaffen. Mag sein, dass dir ihr Leben abenteuerlicher als deines vorkommt. Aber nimm dich vor ihnen in Acht, falls du irgendwann ein Ritter werden willst!«

Tomrin hörte zwar oft auf seinen Vater, doch wie viele Straßenkinder hatte Ronan von Wiesenstein in seinem Leben wohl kennengelernt? Vermutlich keine. Und dann glaubte er, solch ein Urteil über sie fällen zu können?

Tomrin seufzte leise. So oder so würde es dem Hauptmann der Stadtgarde nicht gefallen, wo und mit wem sich sein einziger Sohn gerade herumtrieb. Glücklicherweise wusste er es ja nicht.

»Wir sind sowieso gleich da«, fuhr Sando fort. »Die Schenke meines Onkels …«

»Moment mal«, fiel ihm Hanissa ins Wort. Langsam kam sie wieder zu Atem. »Eine Schenke? Dein Onkel betreibt eine Hafenkneipe?« Sie klang misstrauisch.

Auch Tomrin war überrascht. Von einer Hafenkneipe hatte ihr neuer Freund bisher kein Wort gesagt.

Sando zuckte mit den Achseln. »Ja, und?«

»Hafenkneipen sind voller Taugenichtse und Trunkenbolde«, sagte Hanissa. »Dort sitzen die Flussschiffer, die von der Hand in den Mund leben und keinen Anstand kennen. Meine Mutter sagt, solche Gauner hätten in jedem Hafen eine andere.«

»He, du redest über mein Zuhause«, knurrte Sando. »Und was soll das überhaupt heißen: in jedem Hafen eine andere? Eine andere was?«

Hanissa öffnete den Mund, um zu antworten. Dann aber runzelte sie überrascht die Stirn. »Keine Ahnung«, antwortete sie ratlos. »Ich … Ich habe nie gefragt.«

»Schon klar«, sagte Sando bitter. »Ich nehme an, du bist schon mit vielen Flussschiffern auf großer Fahrt gewesen. Oder, kleiner Bücherwurm?«

»Wenigstens kann ich lesen und schreiben«, gab Hanissa schnippisch zurück.

Der Straßenjunge starrte sie finster an. Dann winkte er ab, drehte sich um und ging fort. »Ach, mach doch, was du willst.« Er sah enttäuscht aus und ziemlich wütend.

Tomrin sah Hanissa an. »Musste das sein? Immerhin hat er uns geholfen. Und du kennst seinen Onkel doch gar nicht. Wie kannst du da schlecht über ihn reden?«

Einen Moment lang wirkte Hanissa, als wolle sie auch mit Tomrin einen Streit anfangen. Stattdessen drehte sie sich beschämt weg.

»He, warte«, rief sie Sando nach. »Es tut mir leid. Ich wollte dich nicht beleidigen. Ich weiß auch nicht, was in mich gefahren ist, ganz ehrlich.«

Sando zögerte einen Moment. Dann kam er langsam zu Hanissa zurück. Direkt vor ihr blieb er stehen und sah ihr mit finsterer Miene ins Gesicht.

Was hatte der seltsame Straßenjunge denn nun wieder vor? Tomrin wusste es nicht, aber er beschloss, erst einmal abzuwarten.

»Wie heißt du noch mal?«, fragte Sando drohend.

»Hanissa«, antwortete das Mädchen. Unsicher kniff sie die Augen ein wenig zusammen.

Sando beugte sich vor, bis seine Nase beinahe die ihre berührte. Seine Stimme war kaum mehr als ein Zischen, als er fragte: »Apfel oder Erdbeere?«

Hanissa blinzelte überrascht. »Was?«

»Apfel oder Erdbeere?«, wiederholte Sando ungeduldig.

Tomrin grinste. So langsam verstand er …

Plötzlich konnte sich auch Sando nicht mehr beherrschen. Er sah in Hanissas ratloses Gesicht und prustete los. »Starr mich nicht so an, so sind wir Flussschiffer eben«, rief er lachend. »Ich wollte nur wissen, ob du lieber Apfel oder Erdbeerbrause trinkst. Wie gesagt: Da hinten ist die Schenke meines Onkels Gump. Und damit wir unseren dummen Streit vergessen, gebe ich einen aus. In Ordnung?«

Endlich begriff Hanissa. »Na, dann nichts wie hin«, sagte sie. »Und ich nehme Erdbeere, bitte sehr.«

»Sollst du haben.« Sando grinste und zeigte mit ausgestrecktem Finger in die Gasse vor ihnen. »Wenn Ihr mir folgen möchtet, edle Gräfin? Und auch Ihr, mein Herr? Es ist angerichtet.«

»Sehr wohl«, flötete Hanissa wie eine Edeldame. Tomrin bot ihr wie ein echter Ritter den Arm, und sie hakte sich bei ihm unter. Gemeinsam gingen sie die letzten Schritte hinter Sando her.

Als sie den Hafen erreichten, machte Tomrin große Augen. Es ging auf die Mittagszeit zu, deshalb war auf den Straßen und in den Gassen recht wenig los. Aber am Ufer des Fleets herrschte geschäftiges Treiben.

Große Lastkähne lagen vor Anker und waren mit dicken Tauen an der Hafenmauer festgebunden. Überall wurden Kisten und andere Fracht an Land gebracht oder in den Bauch der wartenden Schiffe getragen. Andere Kisten stapelten sich auf der Uferstraße. Sie enthielten Waren aller Art. Dazwischen eilten Händler umher, in alten Brokatjacken und mit breiten schwarzen Hüten auf dem Kopf. Sie sahen wichtig aus oder wollten zumindest so aussehen.

Auch bärtige Flussschiffer in fleckigen Hemden waren bei der Arbeit. Gauner und Tagelöhner lungerten herum und hofften auf das schnelle Geld. Und ungewaschene junge Burschen standen am Ufer und sahen sehnsüchtig zu den Schiffen. Tomrin wusste, woran die Jungen dachten: an Abenteuer und die große weite Welt. Wahrscheinlich hatten sie an Land kein Glück gefunden und träumten nun von einer Zukunft auf dem Fleet – fern von Bondingor und vielleicht sogar fern des Königreichs Mintaria, zu dem Bondingor gehörte.

Tausend unterschiedliche Gerüche drangen an Tomrins Nase. Es roch nach Fisch, fremden Gewürzen und Pökelfleisch. Und nach Dingen, die der Junge nicht erriet. Aber am meisten roch es nach dem Fleet selbst, würzig und rau. Wie ein glitzerndes Band lag der Fluss in der Mittagssonne und schlängelte sich silbern durch die ganze Stadt. Dort am Hafen bestimmte *er*, wie die Welt aussah.

Tomrin spürte, wie ein unglaublich breites Grinsen sein Gesicht aufhellte. Genau so hatte er sich die Hafengegend immer vorgestellt. Nur das windschiefe Gebäude vor ihnen passte nicht ganz ins Bild. Dummerweise marschierte Sando direkt darauf zu.

An der schlichten und aus krummen Brettern genagelten Holztür hielt der Straßenjunge an. »Da wären wir«, sagte er stolz. »Das ist Gumps Brandung.«

Tomrin und Hanissa stand der Mund offen. Ausgerechnet das sollte eine Hafenkneipe sein?

Die Schenke befand sich in einem kleinen Haus am Ende der Gasse, aus der sie gerade gekommen waren. Daneben standen nur deutlich größere Gebäude.

Das Haus war zwei Stockwerke hoch, und sein Giebeldach bestand aus uralten Ziegeln, auf denen bereits Moos wuchs. Die Wände waren aus einer wilden Mischung aus Stein, Torf und Lehm gefertigt und in einem schmutzigen Weiß verputzt. Dicke, schwarz gestrichene Holzbalken zogen sich durch jede Wand. Sie gaben dem Bau zusätzlichen Halt.

Den hatte er in Tomrins Augen auch dringend nötig! Wer auch immer Gumps Brandung gebaut hatte, war bestimmt kein Maurermeister gewesen: Dort bog sich eine Mauer nach außen, da hing ein Fenster schief in der Wand. Das Haus sah so abenteuerlich aus, dass es eigentlich hätte zusammenbrechen müssen.

Sando fiel gar nicht auf, wie erstaunt seine neuen Freunde waren. Er öffnete die Holztür und führte sie einfach in den Schankraum.

Dieser war menschenleer und nahm beinahe das gesamte untere Stockwerk des Hauses ein. Durchgesessene Stühle und abgenutzte Tische verteilten sich auf einem schlichten Bretterfußboden. Auf der linken Seite befand sich eine Theke mit mehreren Hockern. Hinter dem Tresen stand ein Zwerg mit beeindruckendem Bart und räumte geschäftig einige Becher und Humpen ein.

Sicher ein Angestellter von Sandos Onkel, vermutete Tomrin.

Die Fensterbänke des Raumes waren voll mit Gegenständen, die mit dem Hafen oder der Schifffahrt zu tun hatten: ein hölzerner Dreimaster im Kleinformat, eine geschnitzte Möwe, eine alte Öllampe. Ein Fischernetz baumelte von einer Ecke des Zimmers und war mit zahlreichen Muscheln geschmückt. An einer Wand hing eine rostige Harpune, an einer anderen lehnte ein kunstvoll verziertes Steuerrad. Kurz gesagt, der Laden war ein einziges Durcheinander. Und wer immer ihn dekoriert hatte, fand mehr besser als weniger.

Vielleicht war es der Zwerg hinter der Theke gewesen. Aber nein, Sando hatte ja gesagt, die Schenke gehöre seinem Onkel. Und Sando war eindeutig ein Mensch. Da konnte er nicht mit einem Zwerg verwandt …

In dem Augenblick schaute der Zwerg auf, um seine Gäste zu begrüßen. Sein Gesicht hellte sich auf. »Mein Lieblingsneffe«, rief er herzlich. »Und er bringt Freunde mit, wie schön!«

Im Nu war er um die Theke herumgeeilt. Mit ausgebreiteten Armen kam er ihnen entgegen. Für einen Zwerg sah er eher ungewöhnlich aus. Sein Bauch war zwar stattlich und sehr rund, und auch sein üppiger grauer Rauschebart passte genau ins Bild. Doch anders als bei anderen Zwergen schmückte kein prächtiges Haupthaar seinen Kopf, sondern eine Halbglatze.

»Hallo, Onkel Gump«, sagte Sando und umarmte ihn. Der Junge überragte den Zwerg sicher um zwei Handbreit. »Sag nicht immer Lieblingsneffe zu mir. Du hast doch nur einen.«

»Ich verstehe nicht ganz«, sagte Tomrin. »*Das* ist dein Onkel?«

»Gestatten, Gump«, stellte sich der Zwerg vor und deutete eine Verbeugung an. »Gastwirt und Lebenskünstler, Freund des Meeres und der Schifffahrt. Und außerdem bin ich der Onkel dieses feinen jungen

Mannes hier. Willkommen in meinem bescheidenen Lokal. Apfel oder Erdbeere?«

Hanissa lachte. »Die Frage kenne ich doch.«

»Zweimal Apfel«, sagte Sando und blickte Tomrin an, der nickte. »Und für unsere Dame ein Glas Erdbeerbrause, bitte.« Dabei verbeugte er sich so übertrieben elegant in Hanissas Richtung wie ein Barde bei Hofe.

»Kommt sofort«, versprach Gump und verschwand wieder hinter seinem Tresen, hinter dem der Fußboden etwas höher sein musste als davor. Sonst hätte man den Zwerg gar nicht mehr gesehen, sondern höchstens noch seine Halbglatze.

Die drei Kinder setzten sich an einen Tisch in der Mitte des Raumes. »Ich will ja nicht neugierig sein, aber …«, begann Tomrin leise und schaute in Gumps Richtung.

»Ich schon«, sagte Hanissa. »Also: Du bist ein Mensch wie wir, richtig? Deine Eltern sind daher wahrscheinlich auch Menschen. Und dein Onkel ist ein Zwerg? Wie geht das denn?«

»Ganz einfach«, sagte Sando. »Meine Mutter war eine Zwergin. Und Gump ist ihr Bruder.«

»Eine Zwergin?«, wiederholte Hanissa ungläubig.

Der Straßenjunge nickte mit todernster Miene. »Genau. Meine Mutter war eine Zwergin und mein Vater ein Riese. Herausgekommen bin ich!« Dann grinste er verschmitzt. »Nein, Unsinn. Gump ist gar nicht mein richtiger Onkel. Ich bin ein Waisenjunge. Meine Eltern starben bei einem Hausbrand, als ich noch ganz klein war. Und seitdem kümmert sich Gump um mich.«

»Und was für ein Prachtbursche aus ihm geworden ist«, warf der Zwerg in die Unterhaltung ein. Gump brachte ein Tablett mit drei vollen Gläsern zu ihrem Tisch. »Stark, gut aussehend und nicht auf den Mund gefallen. Sando kommt überall zurecht, davon bin ich überzeugt. Ein Onkel kann sich keinen besseren Neffen wünschen.«

Sando wirkte verlegen. So ein Lob schien ihm unangenehm zu sein. Ohne ein Wort griff er nach einem Glas Apfelbrause. Das Getränk sah lecker und erfrischend aus.

»Sandos Vater Dandilo war mein Freund, müsst ihr wissen«, erklärte Gump. »Ein anständiger Kerl. Als er starb, war Sando noch ein Baby. Ganz allein in Bondingors Hafengegend! Was wäre aus ihm geworden, frage ich euch? Wenn er nicht erfroren wäre, wäre er verhungert. Oder die Stadtgarde hätte ihn gefunden und in eines dieser furchtbaren Waisenhäuser gesteckt, von denen ich gehört habe. Nein, das konnte ich nicht zulassen.« Der Zwerg lachte und strich Sando übers Haar, was diesem noch weniger gefiel. »Seitdem sind wir zwei wie Pech und Schwarte.«

»Ihr meint Pech und Schwefel«, sagte Hanissa vorsichtig.

Gump nickte kräftig. »Ja, natürlich! Pech und Schwefel. Ganz wie ich es sagte.«

»Entschuldigung«, widersprach sie höflich, »aber Ihr habt *nicht* Schwefel gesagt, sondern …«

Sando winkte ab. »Lass nur. Mit menschlichen Redewendungen steht mein Onkel auf Kriegsfuß.«

»Aber ich bin begeistert von ihnen!«, verkündete Gump überzeugt. »Man muss immer offen sein für die Eigenheiten anderer Völker. Aber reden wir nicht über mich, sondern über euch. Magst du mir deine Begleiter nicht vorstellen?«

Sando nickte. »Ich habe sie selbst eben erst kennengelernt.«

»Na ja«, ergänzte Tomrin. »Wenn wir ehrlich sein sollen, kennen Hanissa und ich uns auch erst ein paar Minuten länger. Mein Name ist Tomrin. Mein Vater ist der Hauptmann der Stadtgarde von Bondingor. Wir wohnen in der Festung nahe der Burg des Barons.«

Sando riss die Augen auf. »Stadtgarde? Oh je, dann muss ich wohl aufpassen, was ich sage und mache.«

Tomrin verdrehte die Augen. »Blödsinn. Ich bin schließlich nicht mein Vater.«

»Und wie heißt die junge Dame?«, fragte der Zwergenwirt Hanissa.

»Hanissa«, antwortete sie und lächelte Gump zu. »Aber so nennen mich nur die alten Magier. Und meine Mutter, wenn sie wütend ist. Für meine Freunde heiße ich Nissa. Ich wohne in der Magischen Universität. Meine Mutter arbeitet dort als Köchin.«

Gump strich sich über den Bauch. »Wunderbar, wunderbar. Ein Tag für neue Freundschaften ist immer ein besonderer Tag. Darauf solltet ihr anstoßen!«

Und das taten die drei. Danach führte Gump sie in seiner Schenke herum. Zu jedem Möbelstück und jedem Gegenstand kannte er eine Geschichte.

Plötzlich blickte Hanissa erschrocken aus einem der kleinen, schmutzigen Fenster. »Schaut nur, die Sonne! Es muss schon weit nach Mittag sein. Ich habe meine Einkäufe ganz vergessen!«

»Oh je«, sagte Tomrin. Auch ihm fiel ein, dass er eigentlich etwas ganz anderes hätte tun sollen. »Und ich habe Alfert stehen lassen! Ich muss auch zurück zum Marktplatz – sonst bekomme ich großen Ärger zu Hause. Wahrscheinlich bekomme ich den ohnehin schon …«

»Wer ist Alfert?«, fragte Sando.

»Unser Hausdiener. Ich war mit ihm auf dem Markt unterwegs, als Borin und Orin Nissas Börse geklaut haben. Und ich hab ihm noch gesagt, dass ich gleich wiederkomme!«

»Dann beeilt euch, Kinder«, scheuchte sie Gump auf. »Alle weiteren Geschichten ein anderes Mal. Sando, du bringst die beiden auf dem schnellsten Weg zum Markt zurück. Macht's gut.« Der Zwerg zwinkerte ihnen zu. »War schön, euch kennengelernt zu haben.«

»Ebenso«, erwiderten Hanissa und Tomrin.

Dann machten sie sich unter Sandos Führung wieder auf den Weg.

Kapitel 3
Dicke Luft im Hause Wiesenstein

So schnell es ging, eilten die drei durch die Straßen in Richtung Marktplatz zurück. Jetzt am Nachmittag befanden sich viel mehr Menschen und Zwerge auf den Straßen als noch vor wenigen Stunden. Viele von ihnen standen in Gruppen zusammen und unterhielten sich angeregt. Doch Tomrin, Hanissa und Sando hatten keine Zeit, sich den ganzen Klatsch und Tratsch anzuhören. Sie waren auch so schon spät genug dran.

Am Rande des Marktplatzes hielten sie an.

»Da wären wir«, sagte Sando.

»Ich finde, wir sollten uns so bald wie möglich wieder treffen«, erklärte Tomrin.

»Unbedingt!« Hanissa nickte begeistert.

Sando hob die Brauen. »Aber wo?«

»Wie wäre es in der Schenke deines Onkels?«, schlug Tomrin vor.

Der Straßenjunge verzog das Gesicht. »Versteht mich nicht falsch. Ich mag Onkel Gump sehr. Aber er muss nicht alles mitbekommen, was wir so treiben, oder?«

»Auch wieder wahr«, gab Tomrin zu. »Die Festung scheidet ebenfalls aus. Da finden wir keine ruhige Ecke. Alles voller Soldaten.«

»Und auf dem Campus der Magischen Universität sind eigentlich keine Kinder erlaubt«, bemerkte Hanissa. Sie zögerte kurz, als ringe sie mit sich selbst. Dann allerdings verkündete sie: »Aber ich habe eine andere Idee. Ich kenne einen Ort, an dem uns niemand stört. Den wir ganz für uns haben.«

Tomrin grinste. »Hört sich gut an. Wo ist dieser Ort?«

»Kommt morgen nach dem Mittagessen in die Drachengasse 13 nördlich der Universität.«

»Die Drachengasse?«, fragte Sando.

»Ich kenne die Gegend«, sagte Tomrin. »Das ist eine Straße, die durch die östliche Altstadt bis zur Drachenschule führt, wo die Flugdrachen der Stadtgarde gezüchtet werden, nicht wahr?«

Hanissa nickte.

Er wandte sich an Sando. »Das finde ich. Komm einfach zum Marktplatz. Und jetzt muss ich aber wirklich los.«

So verabschiedeten sie sich voneinander, und Tomrin eilte allein weiter.

Als er die Marktstände erreichte, an denen er Alfert am Vormittag zurückgelassen hatte, war natürlich eingetreten, was er befürchtet hatte: Von dem alten Hausdiener war keine Spur mehr zu sehen. Es hätte den Jungen auch gewundert. Alfert mochte zwar eine treue Seele sein, aber er kannte Tomrin auch. Es war schließlich nicht das erste Mal, dass Tomrin »Ich bin gleich wieder da« gerufen hatte und dann erst Stunden später wieder aufgetaucht war – verschwitzt und verdreckt, als wäre er irgendein Bauernjunge, der nach einem anstrengenden Tag vom Feld heimkehrte.

Anfangs hatte Alfert immer geduldig ausgeharrt, bis ihn Tomrin wieder abholte. Mittlerweile wartete er aber nur noch eine halbe Stunde – aus Höflichkeit. Danach erledigte er seine Einkäufe ohne Tomrin. Er wusste wohl, dass der Junge früher oder später wieder heimfand. So war es schließlich noch immer gewesen.

Heute war es wieder eher später geworden. Wer hätte auch gedacht, dass Tomrin auf der Jagd nach einem Taschendieb zwei neue Freunde kennenlernen würde? Sein Vater würde das bestimmt verstehen. Und wenn nicht er, dann doch wenigstens seine Mutter. So hoffte Tomrin.

Nachdem sich der Junge vergewissert hatte, dass sich der gute Alfert nicht doch noch irgendwo auf dem Marktplatz oder in einem der nahen Gasthäuser aufhielt, machte er sich auf den Weg zur Festung der Stadtgarde.

Die große Festungsanlage lag auf einem flachen Hügel nördlich der Altstadt von Bondingor. Lange Zeit war, wie Tomrin im Unterricht gelernt hatte, die benachbarte Burg des Barons das Heim der Stadtgarde gewesen war. Doch als Bondingor vor etwa hundertfünfzig Jahren von einer kleinen Gemeinde zu einer eindrucksvollen Stadt angewachsen war, hatte man sich gezwungen gesehen, neue Soldatenunterkünfte bauen zu lassen, um die Truppen zu vergrößern. Das immer größer und reicher werdende Bondingor sollte gegen mögliche Angriffe neidischer Nachbarn verteidigt werden können.

Die Festung der Stadtgarde bestand aus vier lang gezogenen, mehrstöckigen Gebäuden mit schmalen Fenstern und Spitzdächern aus schwarzen Schindeln, die gemeinsam ein trutziges Karree bildeten. An den vier Ecken erhob sich jeweils ein dicker, runder Wachturm. In die Süd- und Nordseite der Festung war ein hohes Tor aus dickem, metallbeschlagenem Eichenholz eingelassen, das zusätzlich durch ein schweres Fallgatter geschützt wurde. Das Heim der Stadtgarde war eine Festung, die als sicherer Rückzugsort dienen konnte – sollte die Stadt von Feinden gestürmt werden. Aber bisher war so etwas noch nie vorgekommen. Alle Angriffe benachbarter Königreiche waren noch vor den Toren Bondingors zurückgeschlagen worden. Tomrin konnte sich nur an *eine* nennenswerte Bedrohung innerhalb der Stadtmauern erinnern: einen fünf Meter großen Steingolem, den eine Studentengruppe der Magischen Universität versehentlich beschworen hatte. Das Ungetüm hatte vier Straßenzüge im Vielvölkerviertel verwüstet, bevor es einem Zirkel erfahrener Magier gelungen war, es zu bezwingen.

Tomrin eilte die kopfsteingepflasterte Straße zum Südtor der Festung hinauf und grüßte die beiden Stadtgardisten, die davor Wache hielten. Die Männer trugen silbern glänzendes Rüstzeug und die blau-roten Farben von Bondingor.

»Es sieht so aus, als käme der Hauptmannssohn mal wieder zu spät nach Hause«, bemerkte einer der beiden mit einem Grinsen, als der Junge mit hochrotem Kopf an ihnen vorbeihastete.

»Ein bisschen«, gestand Tomrin atemlos.

»Na, dann pass bloß auf. Heute ist der Hauptmann in keiner guten Stimmung.«

Das war nicht die Art von Aufmunterung, die sich Tomrin gewünscht hätte. Umso rascher musste er zu Hause sein. Also nickte er nur und stolperte weiter.

Im Inneren des Gebäudekarrees befand sich ein großer Hof, auf dem sich neben einem Exerzierplatz die Stallungen der Flugdrachen der Stadtgarde aneinanderreihten. Genau in der Mitte des Hofes ragte ein besonders hoher Turm auf: der Bergfried. Von ihm aus konnten die Soldaten des Barons die Stadt und das gesamte Umland überblicken. Am Fuße des Bergfrieds stand ein zweistöckiges Steinhaus. Dies war die Unterkunft des Kommandanten der Stadtgarde. Hier lebte Tomrin mit seinen Eltern, Alfert und einer Handvoll weiterer Bediensteter.

Der Junge erklomm die drei breiten Stufen zur Eingangstür und klopfte. Lisehra, das Hausmädchen, hatte kaum geöffnet, als auch schon die markante und befehlsgewohnte Stimme von Tomrins Vater aus dem Inneren erscholl: »Ist das Tomrin?!«

»Ja, Herr«, rief das Mädchen über die Schulter hinweg, während es Tomrin hereinließ.

»Soll sofort herkommen!«

Tomrin warf Lisehra einen fragenden Blick zu, doch sie zuckte nur mit den Schultern. Sie wusste auch nicht, was Ritter Ronan von Wiesenstein heute über die Leber gelaufen war. Also straffte er sich und stapfte tapfer den Flur hinunter, um seinen Vater im Kaminzimmer aufzusuchen.

Das Kaminzimmer war das Herz des Hauses. Schwere, verzierte Holzmöbel beherrschten den Raum, und auf zwei bunten Wandteppichen waren heldenhafte Taten aus der Vergangenheit derer von Wiesenstein verewigt. Hier wurden die gemeinsamen Mahlzeiten eingenommen. Außerdem empfing Tomrins Mutter Tabenna hier Gäste aus Bondingor und manchmal auch von weiter entfernt. Sie war eine Tochter aus gutem Hause, in deren Familie Ronan eingeheiratet hatte.

Und schließlich saßen Tomrin und sein Vater hier an vielen Abenden gemeinsam am warmen Kaminfeuer. Dann lauschte der Junge den spannenden Geschichten, die Ronan von Wiesenstein, dem seine Taten den Beinamen Bärenherz eingebracht hatten, aus seiner Zeit als junger, wilder Recke zum Besten gab. Natürlich versäumte er es niemals, seinen Erzählungen eine Moral ans Ende zu stellen. Und er gab auch offen seine früheren Fehler zu, um den Jungen zu ermahnen, diese nicht zu wiederholen.

Doch Tomrin war zwar ein begeisterter Zuhörer, aber kein besonders gelehriger Schüler. Er zog es vor, seine eigenen Erfahrungen zu machen. Selbst wenn das bedeutete, dass er hin und wieder eine Standpauke oder eine Strafarbeit über sich ergehen lassen musste.

So wie heute.

»Tomrin!«, empfing ihn sein Vater verärgert, kaum dass der Junge im Türrahmen erschienen war. »Komm her!«

Tomrin gehorchte mit leichtem Widerstreben.

»Was hast du dir dabei gedacht?«, wetterte Ronan von Wiesenstein. »Du hättest Alfert nicht einfach so davonlaufen dürfen. Deine Mutter hatte dich in seine Obhut gegeben. Was, wenn dir etwas passiert wäre?«

»Aber Vater, ich habe nur helfen wollen«, versuchte sich Tomrin zu verteidigen. »Ein junger Zwerg hatte die Geldbörse eines Mädchens gestohlen. Ich musste ihn aufhalten.« Sein Vater, als Hauptmann der Garde, musste das doch verstehen!

»Und deshalb bist du einfach so in Richtung Hafenviertel gerannt und dann so lange fortgeblieben?« Die Stimme seines Vaters erfüllte das ganze Kaminzimmer und war vermutlich noch in der letzten Ecke des Hauses zu hören. Tomrin konnte sich lebhaft vorstellen, wie Lisehra, Alfert, Isjander und die alte Katrinka in der Küche standen und halb neugierig, halb bang dem Wortwechsel lauschten. »Weißt du, was für eine Gegend das Hafenviertel ist? Dort ist übles Gesindel auf den Straßen unterwegs. Das ist kein Ort für leichtsinnige Jungen aus der Oberstadt. Dir hätte sonst was passieren können, verdammt!«

»Aber mir ist nichts passiert!« Jetzt war auch Tomrin ein wenig zornig. Das hatte man also davon, wenn man versuchte, Gutes zu tun. Man wurde angeschrien, dass das Blechgeschirr auf dem Tisch klapperte. »Und nur, falls es dich interessiert: Ich habe den Dieb gestellt und dem Mädchen die Geldbörse zurückgebracht. Und ich habe zwei neue Freunde gefunden, Hanissa und Sando. Und Sandos Onkel kennengelernt, einen Zwerg namens Gump, der eine Hafenkneipe hat und viel netter ist als du!«

Erschrocken hielt Tomrin inne. Das Letzte hatte er eigentlich nicht sagen wollen. Es war ihm so herausgerutscht, und er bereute seine Worte sofort. Aber entschuldigen konnte er sich jetzt auch nicht. Stattdessen funkelte er seinen Vater mit trotziger Miene an.

Ronan von Wiesenstein wurde bleich. Er presste die Lippen zu einem schmalen Strich zusammen, und Tomrin befürchtete schon, dass ihm sein Vater für seine Frechheit einen ordentlichen Klapps hinter die Ohren geben würde.

Stattdessen nickte Ronan nur knapp. »Schön. Wenn das so ist, geh doch zu deinen Freunden im Hafenviertel. Aber wenn dir irgendein Halunke ans Leben will, behaupte nicht, ich hätte dich nicht gewarnt.«

Bevor der Junge etwas erwidern konnte, drehte sich sein Vater um und stapfte zur Tür hinaus. Wenige

Herzschläge später fiel die Eingangstür krachend ins Schloss.

Tomrin ließ sich in einen der hohen Sessel am kalten Kamin fallen und schloss die Augen. Er fühlte sich furchtbar. Es hätte nicht viel gefehlt, und er hätte angefangen zu heulen wie ein kleines Kind.

Als er die Augen wieder öffnete, stand seine Mutter in der Tür und blickte ihn schweigend an. »Komm her.« Tabennas Stimme war ungleich sanfter als die seines Vaters. Er lief zu ihr, und sofort schloss sie ihn in die Arme. »Es ist nicht deine Schuld. Nun, zumindest ist es nicht *nur* deine Schuld.«

Verwirrt blickte Tomrin zu ihr auf. »Was meinst du? Ist etwas passiert?«

Tabenna von Wiesenstein bedeutete ihm mit einer Geste, sich an den Esstisch zu setzen. Sie selbst ließ sich auf einem Stuhl neben ihm nieder. »Dein Vater hatte heute einen schlimmen Tag. Der Stadtmarschall macht ihm ziemlich zu schaffen, weißt du? Seit dieses Monster im Hafenviertel wütet …«

»Der Nachtfresser?« Tomrin schluckte. Seit Tagen sprach man in Bondingor von kaum etwas anderem. Das Ungeheuer kam, richtete dort, wo es auftauchte, furchtbare Verwüstung an und verschwand wieder. Zufällige Zeugen dieser Taten berichteten von einer riesigen, dunklen Gestalt und grausigem Schmatzen.

Mehr konnten sie nicht sagen, denn entweder waren sie oder das Monstrum schnell geflohen.

Die Leute hatten dem unheimlichen Wesen den Namen »Nachtfresser« gegeben – wegen seines schier unersättlichen Hungers und weil es immer nachts zuschlug. Sie erzählten sich, dass es ein riesiger Dämon sein müsse, der fliegen könne. Manche behaupteten sogar, sie hätten gesehen, wie es aus einem gewaltigen Feuerball geschlüpft sei. Es hieß, wer diesem Monster zu nahe käme, verwandele sich sofort in Stein. Aber das hielt Tomrin für dummes Geschwätz – zumindest tagsüber. Nachts, wenn er im Bett lag und an die Zimmerdecke starrte, kamen ihm diese Gruselgeschichten viel wirklicher vor.

»Sie haben ihn noch immer nicht gefasst«, fuhr Tabenna fort. »Er hat in der letzten Nacht wieder gewütet. Dein Vater und die Stadtgarde haben den ganzen Tag über Spuren verfolgt und die Stadt nach ihm durchsucht, ihn aber nicht gefunden.«

Und jetzt wird es wieder dunkel. Auf einmal glaubte Tomrin zu begreifen, warum sein Vater so gereizt reagiert hatte. *Vater ahnt, dass das Monster heute Nacht wieder irgendwo angreifen wird. Weil er es noch nicht aufhalten konnte, ist Bondingor weiterhin in Gefahr.*

Kein Wunder, dass Ritter Ronan schlecht gelaunt war. Als Hauptmann der Garde war es seine Aufgabe, für die Sicherheit der Stadt zu sorgen. Sollte in dieser Nacht wieder etwas geschehen, würde er bestimmt *sich* die Schuld dafür geben.

Plötzlich fiel dem Jungen noch etwas auf. »Sagtest du eben, der Nachtfresser habe im Hafenviertel gewütet? Er hat doch bisher immer nur im Vielvölkerviertel zugeschlagen.«

Tabenna nickte. »Das ist richtig. Aber jetzt ist er offenbar ins Hafenviertel weitergezogen. Deswegen war dein Vater fast rasend vor Sorge, als er hörte, dass du Alfert davongelaufen bist – ausgerechnet in Richtung Hafenviertel! Und Ronan hat vollkommen recht!« Ihr Gesicht nahm einen tadelnden Zug an. »Wie leicht hätte es geschehen können, dass auch du ein Opfer des Ungeheuers geworden wärest!«

Aber es greift doch nur nachts an, wollte Tomrin erwidern, hielt aber den Mund. Dies war nicht der richtige Moment für Widerworte – im Gegenteil. Stumm blickte der Junge auf die Tischplatte vor seiner Nase. Er hatte ein schlechtes Gewissen. Hätte er gewusst, dass sein Vater nur aus Angst um ihn dermaßen wütend gewesen war, hätte er ihm nicht so frech geantwortet. »Ich glaube, ich sollte mich bei Vater entschuldigen«, murmelte er.

»Das würde ihn sicher freuen«, sagte seine Mutter. »Zumal ihn Stadtmarschall Feylor von Garsting heute öffentlich verspottet hat. Er nannte die Stadtgarde einen Haufen von Unfähigen. Das hat Ronans Laune nicht verbessert.«

Feylor von Garsting, der Neffe von Baron Berun von Bondingor, war vor zwei Jahren in die Stadt gekommen, um das Regieren zu lernen. Seitdem hatte er unter allerlei Vorwänden immer mehr Macht an sich gerissen. Mittlerweile konnte er in der Stadt beinahe tun und lassen, was er wollte. Nur der aufrechte Ronan von Wiesenstein stand ihm noch im Weg. Und so nutzte Feylor »von Garstig«, wie Tomrin ihn heimlich nannte, jede Gelegenheit, um Ronans Arbeit schlechtzumachen.

»Ich gehe gleich zu ihm«, sagte Tomrin und stand auf.

Er verließ das Haus und fragte einen der Soldaten auf dem Hof, ob dieser seinen Vater gesehen habe. Der Mann deutete auf die Flugdrachenställe, und Tomrin sah, dass Ronan von Wiesenstein dort am Gatter lehnte. Gedankenverloren tätschelte er einem der geschuppten Reittiere den langen Hals.

Tomrin trat neben ihn. »Vater, es tut mir leid. Mutter hat mir alles erzählt. Hätte ich das mit dem Nachtfresser gewusst …« Er brach ab. Er wusste nicht, was er sagen sollte. Denn wahrscheinlich wäre er trotzdem losgerannt, um den Zwergendieb zu fangen und dem Mädchen zu helfen.

Sein Vater sah ihn an. Für einen Moment wirkte seine Miene ernst. Doch dann rang er sich zu einem Lächeln durch und strich Tomrin über den blonden Schopf. »Ist schon gut. Es ist ja nichts passiert.«

Auf Tomrins Miene trat ein hoffnungsvoller Ausdruck. »Dann verzeihst du mir?«

Diesmal war Ronans Lächeln echt. »Natürlich, mein Sohn. Auch wenn du das Gedächtnis eines alten Waschweibs hast, hast du doch ein tapferes, edles Herz. Trotzdem darfst du drei Tage lang den Stallburschen beim Ausmisten helfen, verstanden?« Ronan von Wiesenstein hob mahnend den Finger. »Und keine Widerworte diesmal.«

Der Junge nickte und war insgeheim froh über die vergleichsweise milde Strafe.

»Und noch eins«, setzte sein Vater hinzu. »Versprich mir, dich von allen Anzeichen von Ärger fernzuhalten, solange dieses Monstrum in der Stadt wütet.«

»Das verspreche ich«, sagte Tomrin feierlich, ohne zu ahnen, wie bald er dieses Versprechen würde brechen müssen.

Kapitel 4
Das Monster schlägt zu

Es war mal wieder spät geworden. Und es hatte viel zu viel Wein gegeben in der Stattlichen Wirtin, wo er bis vor einer Viertelstunde noch gezecht hatte. Nun schwankte Gordorr Ochsenschild hoffnungslos betrunken durch die Gassen des Hafenviertels. Alles war still und verlassen um diese Uhrzeit. Nur der fahle Mond am wolkenverhangenen Himmel schaute zu ihm herab, während Gordorr selig vor sich hin summend nach Hause torkelte.

Er bog gerade in die Fleischergasse ein – hier wurde Fleisch haltbar gemacht und aufbewahrt, das danach an Flusshändler verkauft wurde –, als ihn ein Rumpeln in einer Lagerhalle zu seiner Rechten innehalten ließ. Die Melodie, die er auf den Lippen gehabt hatte, blieb ihm im Halse stecken. Irgendetwas an diesem Rumpeln klang … falsch.

Gordorr blieb stehen und schüttelte den Kopf, als könne er damit seinen Rausch vertreiben. Dann trat er vorsichtig zur Tür der Halle, in der er das Rumpeln vernommen hatte.

Einbrecher?, fragte er sich. *Zu dieser späten Stunde ist bestimmt kein Hafenarbeiter mehr auf den Beinen. Entweder geht da drin ein Tier um, oder ein Langfinger treibt sein Unwesen.*

In seiner Vorstellung sah er sich schon Auge in Auge mit dem Verbrecher. Gordorr würde ihm eine Falle stellen, ihn überlisten und der Stadtgarde ausliefern, jawohl! Ganz Bondingor würde erfahren, dass ein Held in seiner Mitte lebte. Der furchtlose Gordorr, so würde man ihn fortan nennen. Der Mann, der wachte, wenn alle anderen schliefen.

Im Grunde waren es törichte Gedanken. Nur ein einfältiger oder vom Wein benebelter Verstand mochte so etwas denken – oder ein einfältiger *und* vom Wein benebelter Verstand. Gordorr war nie beliebt gewesen, und der Wein ließ ihn glauben, er könne in dieser Nacht allen beweisen, aus welchem Holz er wirklich geschnitzt war.

Gordorr der Furchtlose, wiederholte er lautlos. Das klang doch wunderbar!

Da fiel ihm das Loch in der großen, hölzernen Tür auf. Es sah aus, als sei sie von einem riesigen Katapultstein getroffen worden. Balken waren zerschmettert worden, und die Tür hing schief in ihren Angeln. Möglicherweise hätte ihm das eine Warnung sein sollen. Doch Gordorr war zu betrunken, um sie zu bemerken. Stattdessen fluchte er, als er sich beim Hindurchklettern den Kopf stieß.

Keine zwei Minuten später wünschte er sich, er hätte diese Halle nie betreten. Jenseits der Schwelle war es stockfinster. Kein Mond erhellte mehr Gordorrs Weg, und die kühle Brise, die vom Fleet aufstieg und für angenehm frische Luft gesorgt hatte, fehlte nun ebenfalls. Stattdessen roch es nach Pökelfleisch und Räucherware, nach Seifenlauge und dem modrigen Holz abgewetzter Frachtkisten – und nach Schwefel! Dieser beißende Gestank war nahezu unerträglich und nahm zu, je weiter Gordorr in das Dunkel vordrang. So roch es am Krater eines Vulkans oder in den Studierstuben der Alchemisten, aber nicht in einem Lager, oder?

Abermals drang ein Rumpeln an sein Ohr, viel näher, als er erwartet hatte. Und irrte er sich, oder schmatzte da jemand lautstark? Gordorr zuckte erschrocken zusammen und wich zurück, wobei er sich das Gesäß an einem Hindernis stieß, das er genauso wenig sehen konnte wie den Einbrecher. Er drehte sich hin und her und spähte in die Schwärze. War das vielleicht doch ein Tier, ein *Raub*tier womöglich? Kein schöner Gedanke …

»H… Hallo?«, rief er zögerlich. Mit einem Mal fühlte er sich alles andere als furchtlos. »He da. Ihr … Ihr solltet das lassen, Freundchen. Die Stadtgarde ist hier und hat das Gebäude umstellt!«

Das war natürlich gelogen, aber Gordorr wusste längst nicht mehr, was er eigentlich tun sollte. Und war das nicht genau das, was die mutigen Männer der Garde in solchen Momenten sagten?

Statt einer Erwiderung hallte plötzlich ohrenbetäubender Lärm von den Wänden der Halle wider. Polternd fielen Kisten und Fässer um, als sich irgendetwas in ihrer Mitte bewegte, schnell und rücksichtslos. Etwas unfassbar Großes!

Der Nachtfresser! Bei allen Göttern, das muss das Monstrum sein, von dem alle in der WIRTIN *sprachen. Ich Narr habe ihnen nicht geglaubt* … Gordorr erstarrte, und eine Gänsehaut zog seinen Rücken hinauf. Mit einem Mal war er stocknüchtern und hatte butterweiche Knie.

Wie roch Angst? Bis zu dieser Nacht im Hafenviertel hatte er sich diese Frage nie gestellt, nun aber kannte er die Antwort. Angst roch nach kaltem Schweiß, der einem die Kleidung am zitternden Leib kleben ließ. Angst roch nach Schwefel, wie er aus glühenden Vulkantiefen emporstieg. Angst roch nach Albträumen.

Für einen Augenblick trat draußen der Mond hinter einer Wolke hervor und warf sein Licht durch das vergitterte Fenster in der hinteren Hallenmauer. Es genügte, um Gordorr zu zeigen, was da keine vier Schritte von ihm entfernt auf dem Boden kauerte und sich am kalten Fleisch aus einer Frachtkiste gütlich tat.

Es war etwas wirklich Großes. Es hatte ein Maul voller spitzer Zähne, aus denen heißer Geifer zu Boden tropfte. Zwei riesige, weit aufgeblähte Nüstern bliesen dampfend Schwefelgestank in die Nacht. Und seine zwei Augen waren rot glühende Inseln in einem Meer aus schuppiger Schwärze.

»*CHAAAAACCCHHHH*«, fauchte der Albtraum.

Und Gordorr der Furchtlose schluckte trocken, wich zurück und rannte schreiend hinaus in die Nacht.

Eine schlagende Tür und hektisches Fußgetrappel rissen Tomrin aus dem Schlaf. Beides war im Grunde nichts Ungewöhnliches im Hause Wiesenstein. Immer wieder kam es vor, dass Tomrins Vater und dessen Soldaten zu plötzlichen Einsätzen mitten in der Nacht oder in den frühen Morgenstunden ausrücken mussten.

Normalerweise drehte sich Tomrin einfach nur in seinem Bett um und zog die Decke über den Kopf, um weiterzuschlafen. In dieser Nacht hatte er jedoch nicht besonders gut geschlafen. Er hatte von engen Gassen geträumt, durch die er gerannt war, während er einen buckligen kleinen Burschen mit wehendem Bart verfolgte, ohne diesen jedoch jemals einzuholen. Es war furchtbar anstrengend gewesen, und daher hatte es Tomrin nicht eilig, in die Welt der Träume zurückzukehren.

Stattdessen kletterte der Junge aus dem Bett, schlüpfte in seine Hausschuhe und öffnete die Tür zum Flur. *Wenn ich eh schon wach bin, kann ich ja auch mal nachschauen, was los ist,* dachte er.

Seine Kammer befand sich zusammen mit denen der Bediensteten unter dem Dach. Tomrin hätte auch ein Zimmer neben dem Schlafgemach seiner Eltern im ersten Stock haben können, aber er liebte die behagliche Enge seines kleinen Reichs. Die schräge Decke und die eingezogenen Dachbalken ließen die Kammer wie eine verwinkelte Höhle wirken. Außerdem konnte er in warmen Sommernächten aufs Dach hinausklettern und sich auf die Schindeln legen, um hinauf zu den Sternen zu schauen und von großen Abenteuern zu träumen.

Als er nun den kurzen Flur entlanglief, um zu der hölzernen Stiege zu gelangen, die nach unten führte, stieß er beinahe mit Isjander zusammen. Der hellhäutige Elf, der seinem Vater als Knappe diente, eilte gerade die Treppe herauf. Isjander war vier Jahre älter als Tomrin, und die beiden kamen nicht besonders gut miteinander aus. Vielleicht lag es daran, dass Tomrin Isjander insgeheim beneidete, weil dieser von Tomrins Vater im Handwerk eines Kriegers unterwiesen wurde und Tomrin nicht. Isjander wiederum schien Tomrin zu beneiden, weil dieser der Sohn des berühmten Ritters Ronan Bärenherz von Wiesenstein war.

»Was machst du hier?«, fragte Isjander barsch, und seine großen bernsteinfarbenen Augen blitzten. Er trug Brustharnisch, Arm- und Beinschienen, hatte sein Schwert umgegürtet und sah aus, als wolle er in den Krieg ziehen.

»Ich wurde durch den Lärm geweckt«, antwortete Tomrin. »Was ist los?«

»Der Nachtfresser macht erneut Ärger«, sagte Isjander, während er die Tür zu seinem Zimmer aufriss und hineinstürmte. Ein Scheppern und Poltern war zu hören. Gleichdarauf tauchte er wieder auf und hatte seinen glockenförmigen Helm mit dem schmalen Nasensteg in der Hand. Er musste ihn in der Eile auf seiner Stube vergessen haben. »Geh wieder ins Bett, Tomrin. Das ist nichts für dich.«

Tomrin spürte Widerwillen in sich aufsteigen, schon deshalb, weil ihm ausgerechnet Isjander sagte, die Suche nach dem Nachtfresser sei nichts für ihn. Aber er schwieg. Widerworte hätten ohnehin nichts gebracht. Außerdem stürmte Isjander bereits wieder ins Erdgeschoss hinunter und zur Eingangstür.

Tomrin wirbelte herum und rannte in seine Kammer zurück. Rasch schob er einen Stuhl unter das Dachfenster, öffnete es und kletterte nach draußen. Kühle Luft wehte ihm entgegen und blies durch sein Nachtgewand. Es war noch vor Sonnenaufgang, allerdings zeigte sich bereits ein schmaler, heller Streifen am östlichen Himmel.

Als Tomrin sich nach vorn zur Dachkante schob, sah er, dass im Hof ein kleiner Tumult herrschte. Sein Vater, Isjander und sicher ein halbes Dutzend Soldaten setzten eilig ihre Helme auf und schnallten ihre Schilde um. Dann bestiegen sie ihre Pferde und gaben ihnen die Sporen. In wildem Galopp preschten sie über den Innenhof und zum Tor der Festung hinaus.

Einen Moment lang verspürte Tomrin das überwältigende Bedürfnis, Hose, Wams und Stiefel überzustreifen und ihnen verstohlen nachzueilen. Er hätte wirklich gern gewusst, was es mit diesem unheimlichen Nachtfresser auf sich hatte, der Bondingor dermaßen in Angst und Schrecken versetzte und seinem Vater solche Schwierigkeiten bereitete.

Aber dann erinnerte sich der Junge an das Versprechen, das er seinem Vater am Abend gegeben hatte. Missmutig presste er die Lippen zusammen. Er durfte sein Wort nicht brechen. Daher blieb ihm nur eines: zurück in sein Bett zu krabbeln und zu versuchen weiterzuschlafen. Der Nachtfresser musste warten.

Doch Tomrin sollte keinen Schlaf mehr finden …

Der neue Morgen war kaum mehr als ein flammend rotes Leuchten am Horizont, da begrüßte Sando ihn bereits auf seine Weise. Der Junge aus dem Hafenviertel saß mal wieder am Fleet, ganz allein auf einer hohen Mauer, die zu einer längst aufgegebenen Landungsstelle gehörte, und dachte nach. Rings um ihn erwachte langsam die Stadt. Kühler Wind strich ihm um die Nase und durch das wilde dunkle Haar. Er roch nach Weite und Wasser, nach Möglichkeiten. Manchmal, wenn der Schmerz über den Tod seiner Eltern am schlimmsten war, stellte sich Sando vor, der Wind in seinen Haaren sei die liebevolle Berührung seines Vaters.

Der Junge hatte kaum schlafen können. Stundenlang hatte er im Bett gelegen, doch wann immer er zu träumen begonnen hatte, waren die Bilder wiedergekommen. Bilder voller Flammen und Zerstörung, voller Tod.

Eigentlich wusste er genau, dass er sich gar nicht an die Nacht erinnern konnte, in der seine Eltern gestorben waren. Er war zwar dabei, aber noch viel zu jung gewesen, um das grauenvolle Erlebnis im Gedächtnis zu behalten. Trotzdem gaukelte ihm seine Fantasie im Schlaf oft genug das Gegenteil vor. Dann träumte Sando von damals und sah das brennende Haus vor sich, hörte die Schreie seiner Mutter … bis er endlich hochfuhr, schweißgebadet und zitternd.

In Nächten wie dieser hielt es Sando zu Hause nicht aus. Dann brauchte er seinen Lieblingsplatz, hier oberhalb des Fleets, um wieder zur Ruhe zu kommen und die falschen Erinnerungen zu vertreiben. Sein Vater war ein Mann des Hafens gewesen, so viel wusste er. Vielleicht hatte er sogar beim Bau dieser alten Landungsstelle mitgeholfen, die niemand mehr benutzte, seit der Hafen weiter flussabwärts ausgebaut worden war.

Sando seufzte. Er vermisste seine Eltern.

Wie stets war er aus dem Fenster seines Zimmers im Obergeschoss von GUMPS BRANDUNG gestiegen und aufs Dach geklettert. Dabei hatte er fast das Schälchen verdorbener Milch umgestoßen, das Gump Abend für Abend für die Kobolde hinstellte, die auf seinem Haus lebten. Sando verstand nicht, warum sein Onkel das tat. Die kleinen, wilden Kerlchen, die über den Dächern von Bondingor ihre ganz eigene Gesellschaft aufgebaut hatten, waren jedenfalls noch nie vorbeigekommen, um Danke zu sagen.

Vom Dach aus war es für Sando ein Kinderspiel, über Dächer und durch Hintergassen zum Fleet zu gelangen. Niemand sah ihn, wenn er so früh am Morgen zur Landungsstelle eilte, und das fand Sando auch gut so. Manchmal wollte er keine Gesellschaft.

Er stand auf. Fast eine Stunde war inzwischen vergangen, und er musste langsam zurück. Bald würde

Onkel Gump das Frühstück bereiten und sich wundern, wo sein Neffe steckte. Über die Dächer des Hafenviertels trat Sando den Rückweg an. Er hatte ungefähr die Hälfte des Weges zurückgelegt, als er lauten Hufschlag hörte. Neugierig kroch er zur Dachkante und lugte hinunter.

Sechs Reiter preschten auf ihren Pferden die Fleischergasse hinab. Ihrer Kleidung nach zu urteilen, gehörten sie zur Stadtwache. Sando folgte ihnen mit den Augen – und erstarrte! Am Ende der Gasse herrschte Aufregung. Ein großes Lagerhaus war über Nacht völlig verwüstet worden. In dem Schindeldach klaffte ein Loch, als habe ein Riese mit seinem Hammer draufgeschlagen. Und die Reste der breiten Holztür hingen so schief in ihren Angeln, dass ein starker Luftstoß ausgereicht hätte, um sie umzuwerfen.

Direkt vor dem Gebäude hielten die Reiter an. Hektisches Fußvolk begrüßte sie. Als Sando unbemerkt über die Dächer näher schlich, erkannte er, dass auch die unberittenen Männer zur Wache gehörten.

»… konnten wir nichts dagegen unternehmen«, schnappte er erste Satzfetzen ihrer Unterhaltung auf. »Was immer es war, war fort, bevor wir hier auftauchten, Ritter Ronan. Der Nachtfresser … Er muss riesig sein!«

»Und der Zeuge?«, knurrte der Ritter zurück, ein groß gewachsener Mann mit Bart.

Der Untergebene schnaubte abfällig. »Ein Trunkenbold, Herr. Gordorr … Irgendwas. Der Mann ist zu verängstigt, um zwei zusammenhängende Sätze über die Lippen zu bringen.«

»Soll heißen, seine Aussage hilft uns nicht weiter«, vermutete Ronan.

»Nein, Herr«, sagte sein Gegenüber. »Als wir ihn fanden, kauerte er dort hinten neben den leeren Holzkisten und wimmerte etwas von Fleisch gewordenen Schatten. Davon, dass die Nacht auf ihn Jagd gemacht habe.«

Ronan ließ seinen Blick über die verwüstete Halle schweifen. »Ganz falsch scheint er damit nicht zu liegen … Wären wir doch nur schneller gewesen!«

»Was wäre dann gewesen, Hauptmann?«, erklang plötzlich eine neue Stimme.

Aus einer Seitengasse kam ein blonder Mann von vielleicht fünfundzwanzig Jahren. Er trug edle Kleidung und saß auf einem prachtvollen Schimmel. Ihm folgten fünf ebenfalls berittene Soldaten, deren Rüstungen im Licht der Morgensonne golden glänzten. Es war die Leibgarde des Barons. Also musste der Mann Feylor von Garsting sein, der Stadtmarschall von Bondingor.

»Was hättet Ihr unternommen, wärt Ihr früher am Ort des Geschehens gewesen?«, fuhr er fort. »Ihr jagt den Dämon seit Tagen erfolglos! Glaubt Ihr wirklich, Eure Truppe von Stümpern hätte einem Ungetüm wie diesem etwas entgegenzusetzen? Pah! Es hätte euch bei lebendigem Leibe geröstet!«

»Stadtmarschall, es gibt keine Hinweise, dass der Nachtfresser Feuer …«, wollte Ronan einwenden.

Doch Feylor von Garsting fiel ihm ins Wort. »Bedaure, Hauptmann, aber ich werde mich ab jetzt selbst um diese Angelegenheit kümmern. Erst suchte das Monstrum nur das Vielvölkerviertel heim, jetzt das Hafenviertel. Wo soll das hinführen? Die Bewohner von *ganz* Bondingor schweben in Gefahr, solange dieses Vieh frei wütet, und Ihr habt zweifelsohne bewiesen, dass Ihr nicht dazu in der Lage seid, sie zu beschützen.«

Sando wusste, dass Feylor von adligem Geblüt und der Neffe des Barons war. Was er bis heute *nicht* gewusst hatte, war, wie arrogant der Bursche auftrat.

»Was habt Ihr im Sinn, Herr?«, fragte Ronan. Er wirkte wütend, aber er konnte nichts tun. Der Stadtmarschall hatte hier das Sagen.

»Was ich von Anfang an hätte tun sollen«, gab Feylor ungehalten zurück. Er warf dem Hauptmann einen Blick zu, der Sando noch in der Deckung seines Dachverstecks frösteln ließ. »Ich werde nach Männern schicken lassen, die sich auf die Aufgabe *verstehen*, ein Monster zu fangen. Es wird höchste Zeit.« Er lächelte spöttisch. »Findet Ihr nicht, Hauptmann?«

KAPITEL 5
Treffen in der Drachengasse

Das Frühstück im Hause Wiesenstein wurde in bedrücktem Schweigen eingenommen. Kurz nachdem Tomrin aufgestanden war, waren auch Ronan von Wiesenstein und Isjander zurückgekehrt. Nun saßen alle gemeinsam am Esstisch aus schwerem Eichenholz: sein Vater, seine Mutter und Tomrin. Da es Ritter Ronan auch am heutigen Morgen nicht gelungen war, den mysteriösen Nachtfresser unschädlich zu machen, zog er ein finsteres Gesicht, während er dicke Brotscheiben mit Wurst und Käse verzehrte.

Den Vormittag verbrachte Tomrin mit Bruder Barthian, dem Priester der Stadtgarde, der ihn Lesen, Schreiben, Rechnen und Landeskunde lehrte. Er hätte viel lieber gelernt, mit Schwert und Schild zu kämpfen, Bogen zu schießen oder Rüstungen zu flicken. Aber seine Mutter fand, dass Tomrin ohnehin früh genug in die Fußstapfen seines Vaters treten würde. Und sie bestand darauf, dass er zuvor ein paar sinnvolle Dinge lernte. Eine gewisse Bildung gehörte sich für den Sohn des Hauptmanns der Stadtgarde einfach.

Eigentlich machte es Tomrin auch Spaß, gemeinsam mit Barthian alte Heldensagen zu lesen oder mehr über die Rechte und Pflichten eines Bürgers von Bondingor zu erfahren. Am heutigen Morgen aber war er mit seinen Gedanken ganz woanders. Er fieberte bereits dem Wiedersehen mit Sando und Hanissa entgegen.

Nach dem Mittagessen lief er hinunter in die Stadt. Keine halbe Stunde später stand er wieder an der Stelle auf dem Marktplatz, wo er sich am Vortag von seinen neuen Freunden getrennt hatte.

Kurz darauf tauchte Sando auch schon auf. »He! Hallo, Tomrin!«, rief er, während er auf ihn zulief.

Sando trug noch immer das gleiche schmutzige Hemd und die mehrfach geflickte Hose wie am vorigen Tag, und sein Gesicht wirkte so erhitzt, als sei er den ganzen Weg vom Hafenviertel hergerannt.

»Tut mir leid«, sagte er schnaufend. »Ich musste Onkel Gump noch helfen und konnte nicht früher los.«

»Macht nichts«, antwortete Tomrin. »Ich bin auch noch nicht lange hier. Aber jetzt komm. Wir wollen Hanissa nicht zu lange warten lassen.«

Die beiden Jungen eilten über den Marktplatz und dann durch die engen Gassen der nordöstlichen Altstadt. Sie liefen am Fuß eines Hügels entlang, auf dessen Kuppe die Türme, Häuser und Gärten der altehrwürdigen Magischen Universität zu sehen waren. Eine grünliche Dunstwolke erhob sich pilzförmig über dem Universitätsgelände. Offenbar war der Studiengang Alchemie gerade mit irgendwelchen Experimenten zugange.

Kurz darauf erreichten sie die Drachengasse, die sich bis hinauf zur Drachenschule von Bondingor zog, wo unter anderem die Flugdrachen für die Stadtgarde ausgebildet wurden.

»Sieben, neun, elf …«, zählte Tomrin die Hausnummern an den dicht an dicht stehenden Gebäuden, während sie die breite Gasse entlangliefen. Vor einem dreigeschossigen Fachwerkhaus mit spitzem Giebel blieb er stehen. »13, hier müsste es sein.«

»Da steht aber 15«, bemerkte Sando und deutete auf die bronzefarbene Hausnummer, die schief neben der Eingangstür hing.

Tomrin runzelte die Stirn. Er ging ein paar Schritte zurück und vergewisserte sich, dass er sich nicht geirrt hatte. Aber an dem düsteren Steinhaus nebenan prangte eindeutig die Hausnummer elf.

Die beiden Jungen überquerten die Gasse und besahen sich die Häuser auf der anderen Seite, doch auch dort fand sich keine Nummer dreizehn. Alle Gebäude wiesen nur gerade Zahlen auf.

»Seltsam«, murmelte Tomrin und kratzte sich am Kopf.

»Psst!«, hörten sie auf einmal eine Stimme hinter ihrem Rücken.

Schnell drehten sie sich um, und ihre Blicke huschten suchend über die Häuser.

»Hier bin ich«, meldete sich die leise Stimme wieder zu Wort. Ein schlanker Mädchenarm winkte ihnen aus einer Lücke zwischen den Häusern elf und fünfzehn zu. Diese Lücke war nicht mehr als ein dunkler Spalt, aber genau dort zeichnete sich nun eine Gestalt ab: Hanissa.

Rasch rannten die Jungen zu ihr hinüber.

»Das hier ist dein Geheimversteck?«, fragte Tomrin und sah sich um. Der Durchgang zwischen den Häusern war schmal und mit allerlei Gerümpel zugestellt.

»Sei nicht albern«, schalt ihn Hanissa. »Es ist dort hinten. Kommt mit.«

Das Mädchen führte sie durch den Spalt, der in einer Art Hinterhof mündete. Er war von allen Seiten von den fensterlosen Rückseiten der umstehenden Häuser eingefasst.

Auch dieser Hof machte keinen sonderlich guten Eindruck. Alte Kisten und Fässer lagen dort herum, daneben morsche Holzbretter, Steinschutt und verbogene, verrostete Metallreste. In der Mitte stand ein Karren, dem ein Rad fehlte und der vom Himmel gefallen sein musste, denn durch den Spalt zwischen den Häusern passte er nicht hindurch. Und im hinteren Bereich hing eine schmutzige, zerschlissene Stoffplane, die einst zu einem Marktstand gehört haben mochte. Moos und Vogeldreck zierten die Mauern, und von einem der Dachränder starrte ein fleckiger Wasserspeier finster auf die drei herab.

»Mensch, so gemütlich habe ich es bei mir im Hafenviertel nicht«, spöttelte Sando.

»Ihr seid beide echt blöd.« Hanissa verschränkte die Arme vor der Brust. »Vielleicht sollte ich euch mein Versteck lieber nicht zeigen.«

»Ach, komm schon, Nissa.« Tomrin legte ihr beschwichtigend eine Hand auf die Schulter. »Wir meinen es ja gar nicht so. Ist doch toll hier.«

»Das ist noch *gar* nichts.« Sie grinste.

Geschickt kletterte sie über einen Schutthaufen, bis sie die Stoffplane erreicht hatte, die früher rotblau gestreift gewesen war, heute jedoch vorwiegend braun aussah. Mit einem Ruck zog Hanissa die Plane beiseite. Dahinter kam ein frei stehendes Mauerstück zum Vorschein, in das ein Fenster eingelassen war.

»Eine alte Hausruine?«, fragte Sando.

»Fast richtig«, erwiderte Hanissa. »Aber immer noch nicht ganz.«

Aus einem Riss in der Mauer zog sie ein schmales Metallstück hervor und schob es zwischen den dunklen Holzrahmen und das aus kleinen gelben Butzenscheiben bestehende Fensterglas. Sie stemmte sich einen Moment ächzend dagegen, dann gab das offenbar verklemmte Fenster nach und öffnete sich quietschend. Dahinter war es dunkel.

Mit einer Hand raffte Hanissa ihren Rock hoch und kletterte hindurch. »Hereinspaziert«, rief sie und winkte den beiden Jungen zu.

Tomrin und Sando wechselten einen verwirrten Blick und folgten ihr.

Tomrin fragte sich, was sie hier wohl erwartete.

Als er durch das Fenster stieg, durchlief ihn ein leichter Schauer. Es fühlte sich wie ein kaum spürbarer Windhauch an, der an ihm vorbeistrich und ihm die Nackenhaare zu Berge stehen ließ. Nicht weniger seltsam war es, dass seine Füße ein dumpfes Pochen erzeugten, als sie den Boden berührten. Er blickte an sich hinab und erkannte, dass er auf dunklen Holzbohlen, statt auf Erde stand.

Im nächsten Augenblick wurde es hell um ihn, weil Hanissa schwungvoll einige schwere Stoffvorhänge zur Seite zog. Tageslicht erhellte den Raum.

Tomrin hob den Kopf, und seine Augen wurden groß. Hanissa, Sando und er befanden sich in einem geräumigen, von schweren, wurmstichigen Holzbalken durchzogenen Zimmer, das wie das Erdgeschoss eines einfachen Wohnhauses aussah. Neben dem Fenster, durch das sie hineingekommen waren, gab es noch zwei weitere. Außerdem war drei Schritte neben ihm eine schwere Holztür in die Wand eingelassen, die allerdings verriegelt war. An der linken Wand befanden sich eine Feuerstelle und eine Kochnische. An der rechten Wand stand eine Kommode, über der ein zerschlissener Wandteppich hing. Eine Stiege führte durch ein Loch in der Decke hinauf in den ersten Stock.

Die Mitte des Raumes füllten ein großer Tisch und einige Stühle. Auf der Tischplatte lagen Töpfe, Fläschchen und Tiegel, bunte Quarzsteine, Federn, Kerzen und Pergamente, und über allem thronte ein schwarzer, kleiner Kessel, aus dem ein eigentümlicher Geruch nach Pfefferminz stieg. Der Boden rund um den Tisch war mit magischen Kreisen und Symbolen bedeckt. Sie waren mit weißer Kreide aufgemalt worden und wirkten ziemlich frisch.

»Wo sind wir hier?«, fragte Tomrin staunend, nachdem er sich umgesehen hatte.

»In der Drachengasse 13«, erklärte Hanissa, und in ihrer Stimme schwang unüberhörbarer Stolz mit.

»Aber was ist das für ein seltsames Haus?«

Das Mädchen zuckte mit den Schultern. »Na ja, früher war es mal ein ganz normales. Dann wurde es irgendwann von einem Unsichtbarkeitszauber erwischt, der bei einem Ritual oben an der Universität schiefging. Seitdem ist es in Vergessenheit geraten, denn der damalige Besitzer ist offensichtlich längst ausgezogen. So entstand ein Hof für Abfälle hier. Dann baute jemand davor neue Häuser, und bei alldem ging das Haus irgendwie unter.«

»Und wie hast du es gefunden?«, wollte Sando wissen.

»Es war ein Zufall. Ich bin vor fast zwei Jahren in der Bibliothek der Universität auf Aufzeichnungen des verpatzten Rituals gestoßen. Dort wurde das verschwundene Haus beschrieben, und ich wollte es mir einmal anschauen. Ich brauchte eine ganze Weile, um es zu finden. Aber es ist ein toller Ort, oder? Genau das Richtige, um heimlich zu lernen.«

»Um zu lernen?«, fragte Tomrin.

Hanissa nickte und deutete auf den vollgestellten Tisch.

»Ich will zaubern lernen. Die Dozenten an der Universität haben es mir verboten. Schließlich bin ich ein Mädchen und noch viel zu jung. Aber was wissen die schon? Ich kenne mich besser aus als manche von diesen Wirrköpfen.« Ihre grünen Augen blitzten, und sie blickte die Jungen angriffslustig an, als erwarte sie Widerspruch. Als dieser nicht kam, ließ sie die Schultern sinken. »Jedenfalls habe ich mich dann hier eingerichtet. Hier kann ich machen, was ich will, und niemand stört mich, weil mich niemand findet. Der Hof dort draußen wird fast nie benutzt. Wenn wir die Fenster nicht aufmachen, sieht auch niemand, dass hier mehr als nur ein Stück Mauer steht.«

»Was würde man eigentlich sehen, wenn wir die Fenster aufmachten?«, fragte Tomrin.

»Dann würden Löcher in der Luft auftauchen, durch die man hier hineinschauen kann«, erklärte Hanissa. »Das sieht echt lustig aus.« Sie grinste.

»Verrückt«, murmelte Tomrin kopfschüttelnd. Dann grinste auch er. »Aber ich mag es.«

»Ich auch! Dieses Haus ist fantastisch«, rief Sando aus und stürmte zur Stiege. »Wo geht es hier hin?«

»In den ersten Stock. Dort oben gibt es noch ein Schlafzimmer und ein Arbeitszimmer. Und unter dem

Dach ist ein Speicher mit altem Krempel.« Hanissa ging zu Sando hinüber. »Kommt, ich zeige euch alles. Aber viel Spannendes gibt es dort oben nicht zu sehen.«

Die drei erklommen die Stiege in den ersten Stock. Von einem schmalen Korridor, an dessen Ende ein Fenster lag, gingen links und rechts je eine Tür ab. Zur Linken befand sich das Schlafzimmer, in dem ein großes, durchgelegenes Bett stand und ein riesiger Schrank. Darin hingen sogar noch ein paar alte Kleider. Die rechte Kammer wurde von einem Schreibtisch, einem Stuhl und einer großen Truhe in der hinteren Ecke gefüllt. Auf einem Brett an der Wand lagen ein paar zerlesene Bücher. Eine hässliche Holzmaske hing daneben. Sie sah aus, als habe sie mal dem Schamanen einer Trollsippe gehört.

»Was ist in der Kiste?«, wollte Sando wissen und machte große Augen.

»Ich weiß es nicht«, antwortete Hanissa. »Sie ist verschlossen, und ich habe keinen Schlüssel.«

Der Straßenjunge ging in die Hocke und musterte das schwere Schloss. »Das haben wir gleich«, sagte er und warf den beiden anderen über die Schulter einen siegessicheren Blick zu. Er griff in seine Hosentasche und holte ein paar schmale Metallstifte hervor. »Mal sehen, ob mein magischer Schlossöffner helfen kann.«

»Magisch?«, fragte Hanissa neugierig.

»Wohl kaum«, sagte Tomrin mit einem Stirnrunzeln. »Eher ein Einbruchswerkzeug, wie Diebe es haben.« Er hatte geahnt, dass Sando es mit dem Gesetz nicht immer so genau nahm. Schließlich stammte er aus dem Hafenviertel. Aber dass er stets ein Einbruchswerkzeug mit sich herumtrug, überraschte ihn.

»He, es ist nicht so, wie ihr denkt«, verteidigte sich Sando. »Ich klaue nichts – zumindest nicht oft. Ich lasse mich nur nicht gern ein- oder aussperren.« Es klickte einmal. »So, das hätten wir.« Er erhob sich und grinste. »Truhe, öffne dich.« Er zog an dem Deckel, und knarrend schwang dieser auf. Auf seinem Gesicht machte sich Enttäuschung breit.

»Was ist drin?«, fragte Tomrin neugierig.

»Nichts Besonderes«, brummte Sando mit einem Blick ins Innere. »Nur alte Bücher.«

»Bücher?« Mit leuchtenden Augen drängte sich Hanissa nach vorn. Sie griff in die Truhe und holte zwei der alten Folianten hervor. »Oh je«, stöhnte sie, als sie die Bücher aufschlug. »Sie sind in Elfenschrift verfasst. Ich kann kein Wort lesen.« Sie hielt die Bücher den Jungen entgegen. Zeile um Zeile geschwungener Schriftzeichen waren darin zu sehen.

Tomrin zuckte mit den Schultern. »Ich kann auch kein Elfisch lesen«, gestand er.

»Mich braucht ihr gar nicht anzuschauen«, wehrte Sando ab. »Mir reicht es schon, mich mit der Menschenschrift abzuquälen.«

»Na ja, vielleicht finde ich mal jemanden, der mir hilft, sie zu entziffern«, sagte Hanissa, während sie die Bücher wieder zurücklegte.

Dann führte das Mädchen die Jungen über eine weitere Stiege auf den Speicher. Er war eng und hatte eine niedrige, in der Mitte spitz zulaufende Decke. Überall lag Staub, und Spinnenweben hingen in den Ecken. Durch ein kleines, schmutziges Dachfenster fiel Licht ins Innere: Bis auf ein paar Abfälle war der Speicher leer.

»Wie ich schon sagte: Viel Spannendes gibt es hier nicht«, wiederholte Hanissa.

Tomrin nickte. »Gehen wir wieder hinunter.«

Als sie die Stiege ins Erdgeschoss hinabstiegen, fiel Tomrins Blick auf eine Klappe, die sich in der hinteren Ecke des Raumes im Boden befand. »Geht es dort in den Keller?«, fragte er Hanissa.

»Ich glaube schon«, erwiderte sie. »Aber irgendwie klemmt die Klappe. Ich habe schon versucht, sie aufzuziehen, aber ohne Erfolg.«

»Lass das mal zwei Männer machen«, erklärte Sando großspurig und winkte Tomrin herbei. Doch so sehr sich die beiden Jungen auch abmühten, die Klappe ließ sich nicht öffnen. Es war, als sei sie von innen verriegelt, was Tomrin ziemlich merkwürdig vorkam. Nach einigem Ächzen und Stöhnen gaben sie auf. »Na ja, so wichtig ist es auch wieder nicht«, murmelte Sando etwas verlegen. »Ist bestimmt nur ein blöder Keller.«

Hanissa kicherte.

»Äh, hast du eigentlich gestern noch Ärger zu Hause bekommen, weil du zu spät warst?«, wandte sich Sando rasch an Tomrin. Offensichtlich wollte er von ihrem Versagen ablenken.

»Na ja, mein Vater war nicht unbedingt begeistert«, gab Tomrin zu, während sie zurück zum Tisch gingen und sich setzten. »Er hat es im Moment aber auch nicht leicht.«

»Wieso?«, erkundigte sich Hanissa.

»Ach, ihr habt doch sicher von diesem Ungeheuer gehört, das in der Stadt sein Unwesen treibt.«

»Klar!«, rief Sando aus. »Der Nachtfresser – er hat heute früh unten im Hafenviertel eine Lagerhalle zerlegt. Ich habe deinen Vater gesehen, Tomrin. Er kam mit einigen Wachen …«

»Stimmt«, sagte Tomrin mit einem Nicken. »Ich sah ihn aus der Festung fortreiten. Was hast du denn dort gemacht?«

»Ach, nichts. Ich war nur schon ganz früh unterwegs.« Sando machte eine wegwerfende Geste. »Aber ich kam zufällig vorbei, als die Stadtwache dort eintraf, wo das Ungeheuer zugeschlagen hatte. Und da habe ich sie belauscht. Die Soldaten waren wirklich nicht glücklich darüber, dass ihnen der Nachtfresser schon wieder entkommen ist. Und als dann auch noch der Stadtmarschall mit seinem Gefolge auftauchte, gab es richtig Ärger. Er sagte, er wolle ein paar Monsterjäger anheuern, um das Biest zur Strecke zu bringen.«

»Oh je«, murmelte Tomrin. Nun verstand er, warum sein Vater beim Frühstück so einsilbig gewesen war. Feylor »von Garstig« hatte seinem Namen wieder alle Ehre gemacht.

Sando lehnte sich auf seinem Stuhl zurück und legte einen Fuß auf den Tisch. Hanissas bösen Blick bemerkte er dabei gar nicht. »Ich würde diesen Nachtfresser ja zu gerne mal mit eigenen Augen sehen«, verkündete er. »Was er wohl ist … Ein Dämon? Ein verrückt gewordener Troll? Ein Drache? Oder irgendein wildes Tier?«

»Ich weiß nicht«, sagte Tomrin. »Das Ungeheuer ist bestimmt gefährlich. Mein Vater sagte mir, ich solle mich von ihm fernhalten.«

»Onkel Gump sagt das auch.« Sando verdrehte die Augen. »Aber neugierig bin ich trotzdem. Ihr nicht?«

»Doch, natürlich«, antwortete Hanissa. »Die Zauberer überlegen auch schon seit Tagen, was es sein könnte. Vielleicht ist es sogar ein magisches Geschöpf.« Ihre Augen leuchteten aufgeregt.

Tomrin kratzte sich am Kopf. »Na gut, neugierig bin ich schon«, gab er zu. Dass er auch ein wenig Angst hatte, verschwieg er allerdings. Er wollte vor Hanissa oder Sando nicht wie ein Feigling dastehen. »Und jetzt? Willst du durch ganz Bondingor laufen und das Versteck des Nachtfressers suchen?« Wieder dachte er an das Versprechen, das er seinem Vater gegeben hatte.

»Warum nicht?«, hielt ihm Sando entgegen. »Ich will ja gar nicht versuchen, ihn zu fangen. Ich möchte ihn nur mal sehen – und sei es aus der Ferne. Überleg doch mal, Tomrin: Wir könnten damit sogar deinem Vater helfen. Wenn wir das Versteck des Ungeheuers finden, kann es dein Vater schnappen, und der Stadtmarschall würde dumm gucken. Wäre das nicht toll?«

Das war tatsächlich ein verlockender Gedanke. Und vielleicht mussten sie ja gar nicht so nah an den Nachtfresser heran, um ihn aufzuspüren. Damit würde Tomrin sein Versprechen, sich dem Untier nicht zu nähern, gar nicht brechen. Ein zufriedenes Lächeln stahl sich auf seine Lippen. »Feylor von Garstig eins auszuwischen, klingt prima. Ich bin dabei.«

»Fantastisch!«, rief Hanissa und klatschte tatendurstig in die Hände.

KAPITEL 6
Kleine, wilde Männer

Als Hanissa, Sando und Tomrin aus dem unsichtbaren Haus traten, schien die Sonne hell vom wolkenlosen Himmel. Es war früher Nachmittag, und aus vielen offenen Fenstern und Türen drangen Geräusche und Gerüche, die auf ein geschäftiges Backen, Waschen und Putzen schließen ließen.

»Und jetzt?« Sando schaute sich nach allen Seiten um. Kein unliebsamer Beobachter sollte sie aus ihrem Versteck schleichen sehen. »Die Stadt ist groß. Um dieses Ungeheuer zu finden, brauchen wir einen Plan.«

Tomrin nickte. »Der Nachtfresser könnte überall stecken.«

»Dann müssen wir eben überall suchen«, erwiderte Hanissa schlicht. »Am besten fangen wir um die Ecke im Vielvölkerviertel an. Dort hat er den meisten Schaden angerichtet.«

Sando warf Tomrin einen fragenden Blick zu. Der zuckte mit den Schultern. Selbst das Vielvölkerviertel Bondingors war noch so groß, dass sie praktisch die berühmte Nadel im Heuhaufen suchten. Doch das war besser, als es gar nicht zu versuchen. »Also los«, murmelte er. »Hören wir uns mal um.«

Zwei Stunden später hatte Tomrin einiges über seinen neuen Freund gelernt. Wie geschickt sich Sando in dem Gewirr aus Straßen und Hintergassen zu bewegen verstand, wie unauffällig er sich an Erwachsene heranschlich und sie belauschte, wie er Ladenbesitzer in Gespräche verwickelte und sie aushorchte, ohne dass sie es merkten … Das war große Kunst – und dreist!

»Als hätte er nie etwas anderes gemacht«, sagte Hanissa leise, die neben Tomrin am Rand eines kleinen Platzes stand, während sich Sando einer Gruppe stierköpfiger Minotauren näherte, um ihnen unbemerkt zuzuhören.

Sando hatte sich vor einen Gemüsekarren gestellt und schien einen Korb Zwiebeln zu begutachten. In Wahrheit war seine Aufmerksamkeit aber auf die drei eindrucksvollen Geschöpfe rechts des Karrens gerichtet. Sie waren grunzend und grollend ins Gespräch vertieft. Einer von ihnen trug das Wappen der Stadtwache auf der breiten Brust.

»Der *hat* nie etwas anderes gemacht«, murmelte Tomrin. Obwohl Sandos Verhalten allem widersprach, was Tomrins Eltern unter gutem Benehmen verstanden, musste er lächeln. »Wahrscheinlich ist er deswegen so gut.«

Der Platz war zu dieser Nachmittagsstunde sehr belebt. Das Vielvölkerviertel trug seinen Namen, weil hier Angehörige der unterschiedlichsten Völker Tür an Tür wohnten. Menschen, Elfen, Zwerge, Gnome und noch fremdartigere Wesen wie geflügelte Vogelmenschen, grauhäutige Steinwesen und diese drei Minotauren liefen vor Tomrins Augen umher, um ihre Einkäufe zu erledigen oder zu plaudern. Man musste kein Hellseher sein, um zu ahnen, worum sich die meisten Gespräche drehten.

»Wie bei den anderen«, bestätigte Sando, als er sich wieder zu Tomrin und Hanissa gesellte. »Alle reden über die nächtlichen Angriffe, aber nicht einmal der Kerl von der Stadtgarde weiß mehr. Das Monster scheint sich seine Ziele vollkommen willkürlich auszusuchen. Es ist offenbar nur ein Zufall, dass ihm bisher bloß Häuser und Frachtgut zum Opfer gefallen sind.«

»Zum Glück«, erwiderte Hanissa. Ihr rotes Haar glänzte im Licht der Nachmittagssonne.

»Fragt sich nur, wie lange das noch gut geht«, murmelte Tomrin. Mit einem Mal musste er an seinen Vater denken.

»Und jetzt?« Sando hob die Arme, als wolle er den gesamten Platz in die Geste einschließen. »Wir kommen doch keinen Schritt weiter! Manche Leute wissen etwas über das, was vergangene Nacht geschah, andere haben Dinge über die *vor*letzte Nacht gehört ... Jeder hat so viele Meinungen wie Gump Haare am Kinn. Aber wirklich Bescheid weiß niemand, scheint mir.«

Hanissa nickte. »Diese Gerüchte helfen uns wirklich nicht weiter. Wenn wir wissen wollen, wo sich der Nachtfresser am liebsten herumtreibt, müssen wir herausfinden, wo er schon gewesen ist. Wir müssten uns irgendwie einen Überblick verschaffen.«

»Die Stadtgarde können wir jedenfalls nicht fragen«, brummte Tomrin.

»Ha!«, rief Sando in diesem Moment aus. Er grinste und umarmte die völlig überrumpelte Hanissa übermütig. »Überblick! Genau! Mann, warum ist *mir* das nicht eingefallen?«

»Ich ... Ich weiß nicht, was du meinst«, stammelte Hanissa, als sie sich wieder von ihm gelöst hatte.

»Was wohl? Wo wir unsere Suche beginnen sollten natürlich!« Sando grinste breit, und seine Augen funkelten. Irgendwie schien er von sich selbst überrascht zu sein.

»Nämlich?«, hakte Tomrin nach, der ebenso verwirrt war wie Hanissa.

Sando klopfte ihm auf die Schulter. »Na, oben natürlich.«

Neugierde hin, Neugierde her – eine halbe Stunde später wünschte sich Hanissa, sie hätten nie beschlossen, diesen verflixten Nachtfresser zu suchen. Nicht, dass sie feige gewesen wäre. Aber es gehörte nicht gerade zu ihren Lieblingsbeschäftigungen, mehrere Meter über der Gasse und ohne Halt auf einem Fenstersims zu balancieren, der kaum breiter war als eine Handfläche.

Kalter Putz kratzte an ihrer Nase, und unter ihren Schuhsohlen knirschte es bei jeder Bewegung beunruhigend. Zentimeter um Zentimeter kämpfte sie sich vorwärts, die Handflächen dicht an der Hauswand. Sie zwang sich, nicht daran zu denken, wo sie sich befand und was geschehen würde, falls sie abrutschte oder ihr Gleichgewicht verlor. Wüsste ihre Mutter, was sie hier trieb, bekäme sie sicher Hausarrest bis zu ihrer Hochzeit!

»Schaffst du's?« Sandos Hand erschien vor ihren Augen. Das Ende ihrer qualvollen Klettertour schien nicht mehr weit zu sein.

»Was denn sonst?«, gab sie zurück und hoffte, sie klang mutiger und unbekümmerter, als sie sich fühlte. »Kinderspiel.«

Das Gegenteil war der Fall. Tomrin, Sando und sie waren zu dem kleinen Haus im Hafenviertel weitergezogen, in dem Sando mit seinem Zwergenonkel lebte. Dort, so hatte er erklärt, würden sie versuchen, mit den Kobolden ins Gespräch zu kommen. Sando hoffte, dass diese mehr über die Angriffe des Nachtfressers wussten – schließlich lebten sie buchstäblich über den Dächern von Bondingor und sahen von daher mehr als alle anderen.

Vorausgesetzt, sie achten überhaupt darauf, dachte Hanissa. Die Kobolde, denen sie in ihren bisherigen zwölf Lebensjahren begegnet war, hatten sich nicht im Geringsten für die Stadt unter ihren Füßen interessiert. Die kleinen Wesen galten als eigensinnig und begegneten anderen Leuten mit einer unglaublichen Arroganz. *Aus einem Kobold Antworten herauszukitzeln, ist in etwa so Erfolg versprechend, wie …*

»Wie sich in schwindelnder Höhe aus einem Fenster zu schwingen und an einer Hauswand entlangzuhangeln, um auf ein blödes Dach zu klettern«, führte sie den Gedanken leise zu Ende.

»Was murmelst du?«, drang Sandos Stimme an ihr Ohr.

»Nichts, nichts.« Sie schluckte, schickte ein Stoßgebet zu allen Göttern, von denen sie je gehört hatte, und hob den Blick. Keine drei Fingerbreit über sich sah sie die Jungen auf dem Dach liegen. Grinsend und mit einem Blick, der »typisch Mädchen« zu sagen schien, streckten sie ihr die Hände entgegen. Hanissa beachtete sie nicht. In diesem Moment wäre sie lieber abgestürzt, als sich von ihnen helfen zu lassen, so verrückt das auch klang.

Vorsichtig hob sie die Arme und bekam die Dachkante zu fassen. Sie wollte sich gerade hochziehen, als ein schriller Schrei sie zusammenzucken und innehalten ließ – zum Glück, denn sonst wäre sie dem fliegenden Etwas direkt in die Bahn geraten, das plötzlich zischend knapp über ihrem Kopf vorbeischoss.

»Was bei allen Magiern …«, murmelte sie erschrocken. Fast wäre sie nach hinten gefallen. Das fliegende Ding sirrte mit wahnwitziger Geschwindigkeit gen Norden. Ungläubig kniff sie die Augen zusammen. »Was war das denn?«

»Ein Langbogenpfeil, wenn du mich fragst«, antwortete Tomrin nicht minder verblüfft. »Und auf ihm sitzt ein …«

»Kobold«, beendete Sando den Satz. »Mit lederner Mütze auf dem Kopf, einem Flügelgeschirr auf dem Rücken und einem Grinsen im Gesicht, bei dem selbst dem Nachtfresser angst und bange würde.« Er nickte wissend. »Ich sehe sie manchmal so herumzischen. Anscheinend reisen sie so.«

Tomrin sah dem Reitpfeil fassungslos nach. »Sieht aus, als wolle er ins Handwerkerviertel.«

Neben den Jungen befand sich ein aus grauem Stein gemauerter Schornstein, in dem plötzlich ein empörtes Räuspern erklang. »Uniwerrserät.«

Die Stimme des Schornsteins war schroff und mürrisch, aber laut genug, dass alle sie hören konnten. Vielleicht lag das auch am Hall, der sie um ein Vielfaches verstärkte.

Hanissa, die gerade ein Bein über die Dachkante geschwungen hatte und sich vom Sims hochzog, stutzte. »Wie bitte?«

»Uniwerrserät«, wiederholte der Schornstein. Es raschelte, dann stob eine Rußwolke von der Größe einer Trollfaust aus seiner Öffnung. »Arr, vergrummst nocheins«, beschwerte sich das Gemäuer – oder das, was in seinem Inneren stecken musste. Einen Moment lang waren von röchelndem Husten begleitete Flüche zu hören, bei denen selbst der verkommenste Hafenarbeiter rot geworden wäre. Dann lugte plötzlich ein pechschwarzer Ball aus dem Schlot.

Hanissa war inzwischen auf dem Dach angekommen und sah dieses ballförmige Etwas verunsichert an. Es hätte sie nicht gewundert, wenn das seltsame Ding auf einmal explodiert wäre. Doch stattdessen erschienen zwei rötlich weiße Punkte in seiner Mitte.

Erst auf den zweiten Blick erkannte sie, dass es sich um Augen handelte. Also war der Ball kein Ball, sondern …

»Ein Koboldkopf.« Vor lauter Verblüffung stand Sando der Mund offen. »Voller Ruß.«

»Na unn?«, herrschte das schwarze Köpflein ihn an. »Was kümmertstich, vergrummst nocheins?« Der Kobold schüttelte sich. Schornsteinruß flog nach allen Seiten und Tomrin, Sando und Hanissa in die erstaunten Gesichter. Darunter kamen wild abstehende rotbraune Haare zum Vorschein, die zu verfilzten Zöpfen gebunden waren. Ihnen folgten eine von abschätzigen Falten durchzogene Stirn, eine spitze Nase und ein Mund, dessen Winkel so missbilligend nach unten zeigten, als gäbe es einen Preis dafür.

Ächzend und keuchend stemmte sich der kleine Mann aus seinem Versteck. Nun sah Hanissa, dass er gut zwei Handbreit maß. Er trug eine Art Mantel aus grauem pelzigem Material – Rattenfell, wie sie befürchtete. Der Mantel ließ die muskulösen und vernarbten Arme frei und endete oberhalb der aufgeschürften Knie. Darunter kamen behaarte Schenkel zum Vorschein und Füße, die in mit Rabenflaum geschmückten Lederschuhen steckten. Irgendwie bezweifelte sie, dass der Rabe sich freiwillig von seinem Federkleid getrennt hatte.

»Ähm«, machte Sando vorsichtig, »guten Tag. Ihr meintet gerade die Magische Universität, nicht wahr?«

Der Kobold zog die Nase hoch. »Grmpf.«

»Nicht?«, fragte Sando leise. Man hörte ihm seine Unsicherheit geradezu an. Zwar war er mit seinen neuen Freunden hergekommen, um einen Kobold zu treffen, hatte sich das aber gewiss anders vorgestellt.

Sinnvoller zum Beispiel, vermutete Hanissa, der es kaum anders ging. »Ihr meintet bestimmt das Ziel der Flugreise Eures … Freundes?«, sagte sie, das letzte Wort mehr Frage als Feststellung. So genau hatte sie das Wesen auf dem Pfeil nicht gesehen. »Sie führt nicht ins benachbarte Handwerkerviertel der Stadt, sondern zu den Magiern, oder?«

»Grmpf«, wiederholte der Kobold. Er machte ein Gesicht, als sei die Anwesenheit der drei auf seinem Dach die schlimmste Beleidigung, die ihm je untergekommen war. Von der Tatsache, dass sie ihm auch noch Fragen stellten, ganz zu schweigen.

»So weit …?« Tomrin machte große Augen und sah in Richtung der Universitätstürme.

Die Sonne stand hoch am Himmel und tauchte die Dächer Bondingors in warmen Schein. Hier und da sah man einen Vogel oder einen Flugdrachen der Stadtgarde seine Kreise drehen, und über der Universität stieg gelber Rauch auf – den Magiern musste wieder etwas explodiert sein. Die Stadt wirkte so friedlich, als gäbe es hier keine Wesen, die mit der Dunkelheit kamen und für Angst und Schrecken sorgten.

Ohne seine Besucher einer Antwort zu würdigen, sprang der Kobold vom Schornstein und auf die moosbewachsenen Schindeln, aus denen Gumps Dach bestand. Mit entschlossenem Schritt stapfte er fort.

Die drei sahen sich fragend an. Ob sie ihm einfach folgen sollten? »Verzeihung«, rief Hanissa freundlich. »Wir würden Euch gern etwas fragen, wenn Ihr gestattet.«

Der Kobold grunzte nur.

»Na los«, flüsterte Sando und schickte sich an, ihm zu folgen. Tomrin und Hanissa tauschten einen unsicheren Blick, dann krochen sie hinter Sando über das Dach.

Wo der Kobold sicheren Schritts gehen konnte, mussten sie sich auf Händen und Knien bewegen, um ihm folgen zu können. Hanissa war wirklich heilfroh, dass ihre Mutter nichts von diesem irrsinnigen Ausflug wusste.

Nach ein paar Metern erreichten sie etwas, das wohl die Behausung des Kobolds war: eine an der Vorderseite offene und mit allerhand Kram vollgestopfte Holzkiste. Mit etwas Fantasie ließ sich an ihrer Seite noch der fast verblichene und vor Fehlern strotzende

Schriftzug *Lieferunk ann Prinz Eisenhorst* ausmachen. Das war der Name eines Barbiergeschäfts im Handwerkerviertel.

Neben der Kiste stand eine Konstruktion, die wie ein alter Elfenlangbogen aussah, den jemand quer auf einem Gerüst befestigt hatte. Ein komplizierter Seilzug führte von der Bogensehne über etliche Rollen zu einer großen Kurbel. Damit mussten die Kobolde ihre Reitpfeile abfeuern, vermutete Hanissa. Doch wie es ihnen damit gelang, mehrere Kilometer Flugstrecke zu überwinden, konnte sie sich auch nicht erklären.

Der Kobold setzte sich in die Kiste, griff hinter sich und zog einen spitzen Spieß, wie ihn Fleischer verwenden mochten, aus dem Durcheinander. Damit fuchtelte er vor den dreien herum. »Weg! Weg, vergrummst nocheins! Bin kein Aufpasser, binnich nich. Unn erst recht nich fürn Menschnbalg.«

Ohne den Spieß aus den Augen zu lassen, erklärte Hanissa dem Kleinen höflich, warum sie seine Ruhe störten. »Könnt Ihr uns vielleicht etwas über den Nachtfresser sagen?«, fragte sie schließlich. »Euer Volk hat doch auf den Dächern die beste Sicht, Herr …«

Der Kobold wandte sich ab und spuckte in hohem Bogen in Gumps krumme Regenrinne. »Winst. Gremelaia Jereby Winst der Dritte binnich. Und jetz weg! Wüsste nich, warummich euch helfn sollt.«

Ein leises Klatschen ließ Hanissa herumfahren. Sando hatte sich gegen die Stirn geschlagen. »Natürlich …«, murmelte er. Dann sah er seine neuen Freunde grinsend an und kroch zurück zur Dachkante. »Wartet kurz, ja?«, rief er dabei. »Ich möchte etwas ausprobieren.«

Zwei Minuten später war er zurück und hielt ein Tonschälchen in der Hand, das unangenehm nach verdorbener Milch roch. »Mein Onkel stellt das Zeug abends immer raus, weil die Kobolde es angeblich mögen. Mal sehen, ob das stimmt.«

»Onkl?« Winst reckte den Kopf und schnüffelte neugierig. »Der bärtiche Riese mittem leckeren Getrinks is dein Onkl?«

»Ja«, bestätigte Sando.

Mit einem Mal war Winst wie verwandelt. »Ach! Das ännert ja alles, ganzigalles sachich!«, rief er überschwänglich, stand auf und streckte Sando die winzige Hand entgegen. »Dein Onkl issen Gutermann, issen Echterfreund. Und der Neffe vonnem Echterfreund is auchn Echterfreund.« Voller Begeisterung schüttelte er den kleinen Finger des Hafenjungen. »Also unn eins sollman mir nich nachsagn, nämlich dassich keinem Echterfreund helfn würd, jawollja. So is Winst nämlich nich.« Der Kobold nickte so heftig, dass seine rotbraunen Zöpfe wippten.

»Das heißt, Ihr helft uns?«, hoffte Hanissa.

Winst kratzte sich am Kopf. »Helfn. Helfn is ziemlich viel gesagt. Ich hör mich mal um, das isses, was ich mach. Hmpf.« Dann streckte er die Hände nach dem Milchschälchen aus, und als Sando es abstellte, tunkte er den ganzen Kopf hinein.

»Wann denn?«, fragte Tomrin.

Gurgelnd kam Winst wieder zum Vorschein. »Später«, antwortete er. »Wenn Laffarett zurück is. Ich meld mich.«

Hanissa wollte gerade fragen, ob das der Kobold auf dem Rücken des Reitpfeils gewesen sei, als aus der Gasse eine wütende Zwergenstimme nach oben drang: »Sando? Junge, was in aller Welt macht ihr Wahnsinnigen denn auf dem Dach? Ich schufte mir hier den Beutel krumm, um die Gaststätte auf Vordermann zu bringen, und mein Herr Neffe bricht sich lieber den Hals, anstatt mir zu helfen, ja?«

»Beutel statt Buckel?«, murmelte Tomrin. »Das kann nur dein Onkel Gump sein.«

Sando stöhnte. »Verflixt, ich hatte vergessen, dass heute Putztag in der BRANDUNG ist. Das bedeutet stundenlanges Schrubben.«

»Wir kommen mit«, rief Tomrin kurzerhand. »Wir helfen dir, Sando. Zu dritt sind wir schneller fertig. Richtig, Nissa?«

Sie lächelte. »Richtig. Und vielleicht ist Herr Winst bis dahin ebenfalls schlauer. Ich bin sicher, wir finden noch mehr von diesem, ähem, leckeren Getrinks, um ihn für seine Mühen zu entlohnen.«

Wie sie gehofft hatte, war der Kobold einverstanden. »Sicher, sicher. Geht nur unn macht. Find euch schon, jawollja.«

Die drei grinsten sich an. Sie stiegen vom Dach hinunter und durften sich als Erstes eine Moralpredigt von Sandos Onkel anhören. Der alte Zwerg war natürlich gar nicht begeistert darüber, dass die drei auf den Dächern des Hafenviertels herumkletterten. Seine Laune besserte sich allerdings, als sie versprachen, ihm beim Großputz der Schenke zu helfen.

Zwei arbeitsreiche Stunden später hatten sie es geschafft: GUMPS BRANDUNG strahlte vor Sauberkeit, die Abendgäste konnten kommen. Hanissa und Tomrin hatten sich bereits von dem Zwerg verabschiedet, der sie mittlerweile kaum wieder gehen lassen wollte. Nun standen sie mit Sando draußen vor der Tür. Plötzlich erklang ein leises Zischen über ihren Köpfen.

Als Hanissa aufsah, schaute sie in das grimmige Antlitz von Gremelaia Jereby Winst dem Dritten. Der Kobold hing einarmig von der Regenrinne und winkte ihnen zu. »Pst«, machte er abermals. »Habbich euch endlich. Laffarett sacht, der Nachtfresser würd immer ums Vielvölkerviertel auftauchn, un immer da, wo was zu holn is. Wo ordentlich was zu schmausen is. Klar? Klar. Das sachter, der Laffarett. Unner sacht, das Viech kommt immer ganz früh am Morgen. Aber er sacht auch, dasser das nich von ihm habt, vergrummst nocheins. Dasser sich nämlich nich mehr bei den Leuten sehn lassen könnt, wenn rauskäm, dasser mit Menschn spricht, klar?«

»Klar«, wiederholte Sando und sah seine Freunde zufrieden an. »Scheint, als hätten wir eine richtige Spur.«

Hanissa lächelte. »Richtet Laffarett unseren Dank aus, Herr Winst. Euer Geheimnis ist bei uns sicher.«

»Kannich nich«, murmelte der kleine Mann schroff. »Er is schon widder weg, diesmal in Richtung Elfenviertel. Schon stressich, son Leben als fliegender Bote. Ständich unterwegs, der Junge …«

»Also schön«, murmelte Tomrin nachdenklich. »Wir wissen jetzt, dass der Nachtfresser am liebsten kurz vor Morgengrauen in der Gegend des Vielvölkerviertels und des Hafens zuschlägt.«

»Am besten legen wir uns dort irgendwo auf die Lauer und warten, bis er sich zeigt«, sagte Sando. »Nur wo?«

Hanissa sah ihn an. »Wie wäre es mit dem Turm des Gnomentempels? Der liegt in der Gegend und ist so ziemlich das höchste Gebäude, das ich dort kenne.«

Tomrin und Sando waren begeistert. Sofort beschlossen die drei, sich dort im Morgengrauen des nächsten Tages zu treffen.

Winst räusperte sich lautstark und riss sie so aus ihren Planungen. Er hatte den Mund so weit aufgerissen, dass seine gelben, schiefen Zähne zu sehen waren, und deutete mit ausgestrecktem Finger hinein. »Hakkha hich hah hehehheh?«

Sando stutzte und sah ihn unverwandt an. »Wie bitte?«

»Ob wir nicht was vergessen haben«, übersetzte Tomrin lachend. »Ja, haben wir. Einen Moment, Herr Winst. Ich hole Euch Eure Milch. Wenn ich nicht irre, wollte Gump sie eben noch wegschütten …«

KAPITEL 7
Dem Nachtfresser auf der Spur

Die ganze Nacht über machte Tomrin kaum ein Auge zu. Das lag nicht daran, dass er Angst davor gehabt hätte, ihren Plan auszuführen. Er befürchtete vielmehr, zu verschlafen. Stunde um Stunde wälzte er sich in seinem Bett hin und her. Dabei lauschte er auf die Glocke des nahen Zweigöttertempels und wartete darauf, dass diese endlich zur vierten Morgenstunde schlug.

Als es so weit war, schlüpfte Tomrin aus dem Bett und kleidete sich rasch an. Dann öffnete er die Dachluke, um nach draußen zu klettern. Er hatte schon ein Bein aufs Dach geschwungen, als ihm plötzlich ein Gedanke kam und er kehrtmachte. Auf leisen Sohlen durchquerte er das Zimmer und kniete sich vor die

Truhe an der Wand. Er öffnete sie, griff hinein und holte ein in Leder eingewickeltes Bündel hervor. Darin lag ein kurzes Schwert, das in einer verzierten Scheide steckte, die an einem Gürtel befestigt war.

Sein Vater hatte ihm die Waffe vor zwei Monaten zu seinem zwölften Geburtstag geschenkt. »Du bist nun ein Mann«, hatte Ronan von Wiesenstein mit feierlicher Miene verkündet. »Daher darfst du dieses Kurzschwert tragen, bis du groß genug für eine richtige Klinge bist.«

»Aber nur zu Paraden oder bei Hofhaltungen!«, hatte Tomrins Mutter Tabenna mit strenger Miene hinzugefügt. »Du rennst damit nicht in der Stadt herum und versuchst, Ungeheuer zu töten.«

»Nein, Mutter«, hatte Tomrin ihr mit ernstem Nicken versichert.

Woher hätte er auch wissen können, dass er das Schwert schon wenig später brauchen und notgedrungen damit durch die Stadt rennen würde? Dabei wollte er damit ja nicht einmal gegen den Nachtfresser kämpfen. Aber irgendwie war es ein beruhigendes Gefühl, das Kurzschwert bei sich zu haben.

Tomrin schnallte den Waffengurt um die Hüften und schlüpfte eilig aufs Dach hinaus. Geduckt schlich er bis zur Außenmauer des mächtigen Bergfrieds. Mit einem Blick überzeugte er sich davon, dass niemand im Burghof unterwegs war und alle Wachen, die auf den Mauern Streife gingen, in eine andere Richtung blickten. Dann hangelte er sich geschickt an den Kletterranken hinab, die den zentralen Aussichtsturm überwucherten.

Durch das Haupttor konnte er die Festung unmöglich verlassen. An den Wachen wäre er nie vorbeigekommen. Es gab allerdings eine andere Möglichkeit. Unter dem Bergfried begann ein geheimer Fluchttunnel, den ihm sein Vater einmal gezeigt hatte – für den Fall des Falles. Er war zwar durch eine schwere, eisenverstärkte Tür verschlossen, aber nicht bewacht. Und Tomrin wusste, wo der Schlüssel hing: in einer verborgenen Nische im Keller. Schließlich nutzte ein Fluchttunnel niemandem, wenn er für jene, die ihn brauchten, versperrt war.

Verstohlen schlich der Junge um den Bergfried herum und schlüpfte durch die Tür ins Innere. Obwohl auf der Spitze des Turmes immer ein Wachposten stand, hielt sich in den Räumen am unteren Ende nur selten jemand auf. Wie der Fluchttunnel waren auch sie für schlechte Zeiten gedacht, wenn es nötig werden sollte, sich vor Angreifern im Bergfried zu verschanzen.

Über eine Steintreppe gelangte Tomrin in den Keller, fand den Schlüssel und öffnete die Tür des Fluchttunnels. Sie war fast so dick wie die Hand des

Jungen breit war. Kühler, modriger Geruch wehte ihm entgegen. Schnell zog Tomrin die Tür hinter sich zu. Mit deutlichem Klacken rastete der Riegel ein. Jetzt hatte er sich ausgesperrt. Zurück würde er durch das Burgtor kommen müssen. Da aber um acht Uhr in der Früh eine Wachablösung erfolgte, stellte das kein Problem dar. Er würde den neuen Wachposten einfach erzählen, er sei schon um sieben hinunter zum Markt gelaufen.

Im Inneren des Fluchttunnels war es stockfinster, aber Tomrin kannte den Weg und wusste, dass es nur geradeaus ging und keine Hindernisse gab. Mit einer Hand an der kalten Steinmauer entlangstreifend, lief er unter dem Burghof und den Mauern der Festung hindurch, bis er schließlich im Keller eines leer stehenden Hauses herauskam, das der Stadtgarde gehörte.

Der Rest war leicht. Tomrin durchquerte die verstaubten Räume, trat durch die Tür auf die dunkle Gasse und rannte dann, so schnell er konnte, in Richtung der Magischen Universität. Dort würde er zunächst Hanissa abholen, bevor sie beide Sando am Rand des Hafenviertels trafen. Natürlich hatte Hanissa sich dagegen gesträubt, dass Tomrin extra wegen ihr einen Umweg machte. Aber auch wenn er sie für ein außergewöhnlich mutiges Mädchen hielt, blieb es für Tomrin undenkbar, sie allein mitten in der Nacht und nahe dem Vielvölkerviertel durch Bondingor laufen zu lassen. Nachher fiel sie noch irgendwelchen Halsabschneidern in die Hände!

Seine Sorgen waren jedoch unbegründet: Außer einigen Trunkenbolden, früh aufstehenden Bäckergesellen und nimmermüden Nachtwächtern war niemand auf den Straßen unterwegs. Unbehelligt erreichte er den vereinbarten Treffpunkt am Fuß des Hügels, auf dem der Campus der Magischen Universität lag. Hanissa erwartete ihn bereits.

»Du kommst zu spät«, verkündete sie und trommelte mit ihren Fingern auf die Ledertasche, die sie sich umgehängt hatte.

»Gar nicht wahr«, verteidigte sich Tomrin. Er kratzte sich am Kopf. »Na ja, vielleicht ein kleines bisschen. Laufen wir eben schneller. Komm.«

Kurz darauf hatten sie Sando an der Osthandelsstraße abgeholt, die das Hafenviertel nach Norden begrenzte. Geführt von ihm, der sich in diesem Teil der Stadt einfach am besten auskannte, rannten sie durch die Straßen und Gassen, bis sie schließlich das Gnomen-Eck von Bondingor erreichten, wo sich einige Dutzend Gnomenfamilien niedergelassen hatten.

Die meisten der Gebäude dort wirkten gedrungen und hatten etwas Höhlenartiges an sich – passend zu ihren Bewohnern, die auch klein und dunkel waren.

Ein Bauwerk aber ragte geradezu turmhoch in den Himmel über der Stadt: Es war der Tempel, den die Gnome dem Großen Kapuzenträger geweiht hatten. Sie hatten ihren Gott deshalb so genannt, weil sie sich selbst seit jeher in graubraun-schwarze Kapuzenumhänge kleideten. Vielleicht trugen sie die Kapuzen aber auch, weil ihr Gott es so wollte. So ganz wusste Tomrin das nicht. Was er hingegen wusste, war, dass die Gnome glaubten, der Große Kapuzenträger säße in einer Wolkenhöhle hoch droben im Himmel. Und um ihm besonders nahe zu sein, erhoben sich ihre Tempel in schwindelerregende Höhen.

Dieser hier bot Tomrin, Hanissa und Sando einen prächtigen Aussichtsplatz, um dem Nachtfresser aufzulauern.

»Ich hoffe, die Aussicht lohnt sich wirklich. Das ist ja eine furchtbare Quälerei«, keuchte Tomrin, nachdem sie gut und gern schon zweihundert Stufen hinaufgestiegen waren.

In den Tempel hineinzugelangen, war kein Problem gewesen, denn er stand Tag und Nacht offen. Aber hinauf aufs Dach zu kommen, erwies sich als echte Schinderei.

»Ihr wolltet ein hohes Gebäude, und das hier ist das höchste in der Umgebung«, erwiderte Hanissa. Auch ihre Wangen waren gerötet, und sie schnaufte hörbar.

»Habt euch nicht so, ihr Weichlinge«, rief Sando, der ihnen vorauseilte.

Endlich hatten sie die Spitze des Tempels erreicht. Sie durchquerten das zugige Turmzimmer, das nach allen vier Seiten offen war, und traten auf den von Zinnen gesäumten Balkon, der einmal um den Turm herumlief.

Sando pfiff beeindruckt. Der Ausblick war wirklich atemberaubend. Unter ihnen erstreckte sich die Stadt – Hunderte und Aberhunderte von Dächern. Im Norden waren der Fleet und der Hafen zu sehen und dahinter die Magische Universität. Im Süden und Osten drängten sich die Häuser des Zwergenviertels dicht an dicht. Und im Westen konnte man die hellen, säulengeschmückten Bauwerke der Elfen erkennen, die direkt am Rand des großen Stadtparks von Bondingor lagen.

»Oh je«, murmelte Tomrin. »Die Stadt ist einfach zu groß. Wie sollen wir in all dem Durcheinander den Nachtfresser entdecken?«

»Ich habe etwas mitgebracht«, verkündete Sando stolz und zog ein altes Fernrohr aus einem Beutel an seinem Gürtel. »Onkel Gump hat es mal von einem Kapitän bekommen, der seine Zeche nicht zahlen konnte.«

Hanissa hüstelte. »Ich habe noch etwas Besseres.« Sie öffnete ihre eigene Tasche und holte eine fast tellergroße geschliffene Kristallscheibe hervor.

»Was ist das?«, fragte Tomrin.

»Eine Kristallscheibe«, sagte Hanissa.

Der Junge runzelte die Stirn. »Was sollen wir damit anfangen?«

»Warte es ab.« Sie griff erneut in die Tasche und beförderte ein kleines Fläschchen mit grün schimmernder Flüssigkeit zutage. »Weitsehtinktur«, verkündete sie. »Man muss nur einen Glasgegenstand damit einreiben …«, sie tat es, »… und schon verwandelt er sich in ein prima Weitsehglas. Und weil ich die Rezeptur ein bisschen verbessert habe, kann man damit auch im Dunkeln sehen.« Zufrieden hielt sie den Jungen die Scheibe hin.

Tomrin schnappte nach Luft. Auf einmal sah er die fernen Masten der Schiffe im Hafen von Bondingor so nah vor sich, als müsse er nur die Hand ausstrecken, um sie zu berühren. Außerdem war das Bild beinahe taghell. Nur ein leichter Grünstich verriet, dass hier Magie im Spiel war.

»Gib mir auch was davon«, verlangte Sando. Er rieb die Linse seines Fernrohrs ein und hob es vors linke Auge. »Fantastisch«, murmelte er, während er das Instrument hin und her schwenkte. »Gump wird begeistert sein.« Er stockte und nahm das Fernrohr vom Auge. »Falsch. Gump wird mich *umbringen*, wenn er mitbekommt, dass ich sein Sammlerstück mit irgendeiner magischen Tinktur beschmiert habe.«

»Keine Sorge«, beruhigte ihn Hanissa. »Man kann sie abwischen.«

Sando atmete erleichtert aus.

Eine gute Stunde saßen die drei auf der Turmspitze des Gnomentempels und ließen ihre Blicke über die dunklen Dächer Bondingors schweifen. Es war kalt, und Tomrin wünschte sich, er hätte ein zweites Hemd unter sein Wams gezogen. Natürlich ließ er sich nichts anmerken. Sando schien schließlich auch nicht zu frieren. Nur Hanissa fröstelte gelegentlich und zog dabei eine Grimasse.

Am östlichen Horizont wurde es langsam hell. Erst war nur ein schwacher Silberstreif über den Hügeln und Feldern zu sehen. Dann nahm der Himmel prachtvolle Rot- und Orangetöne an. Schließlich tauchte mit gelbem Gleißen die Sonnenscheibe über den Hügeln auf und warf lange Schatten übers Land.

Sando rieb sich die Augen. »Ich glaube, es hat keinen Sinn mehr. Heute finden wir den Nachtfresser nicht.«

»Gib mir noch mal das Fernrohr«, bat Tomrin. Da sie nur über ein Fernrohr und Hanissas Weitsehscheibe verfügten, hatten sie sich mit Suchen abgewechselt.

Sando reichte es ihm, und Tomrin lehnte sich über die Zinnen, um noch einmal das Gebiet zwischen Hafen und Vielvölkerviertel abzusuchen. Er sah Dächer von Wohnhäusern, aus deren Schornsteinen dünner Rauch stieg, Lagerschuppen, kleine und größere Tempel, Vögel, die verspielt dazwischen umherflogen.

Und auf einmal sah er die dunkle Gestalt!

Tomrin riss Mund und Augen auf. Er wollte es seinen Freunden sagen, verschluckte sich aber und brachte nur ein Krächzen zustande. »Da!« Mit ausgestrecktem Arm deutete er in die Richtung. »Das ist er! Der Nachtfresser!«

»Wo?« Hanissa schwenkte ihr Weitsehglas herum.

Tomrin sah wieder zum Vielvölkerviertel hinüber. Er musste einen Moment lang suchen, aber dann hatte er das Ungeheuer im Blick. Es war groß, schuppig und finster wie die Nacht. Seine ledernen Schwingen schlugen, als es sich zwischen zwei Lagerhallen in die frische Morgenluft schraubte. Lange Krallen glänzten im Schein der ersten Sonnenstrahlen. Und als der Nachtfresser seinen hässlichen Schädel hob, der an einem langen Hals hing, schien Dampf aus seinem Maul zu dringen.

Tomrin schluckte. »Schaut euch dieses Untier an.«

»Ich sehe es«, erwiderte Hanissa. Auch ihre Augen weiteten sich. »Meine Güte. Ist das ein Drache?«

»Könnte sein«, sagte Tomrin. »Aber es ist keine Drachenart, die ich kenne.«

»Ja …« Hanissa kniff die Augen zusammen und machte ein nachdenkliches Gesicht.

»Schaut«, rief Sando, der zusammen mit ihr durch das Weitsehglas blickte. »Er fliegt hinüber ins Ostend.«

Das Ostend war der östliche Teil des Vielvölkerviertels. Es lag direkt im Schatten der mächtigen Stadtmauer und war alles andere als eine angenehme Ecke. Vor ein paar Jahrzehnten war es während einer Belagerung durch ein benachbartes Königreich weitgehend verwüstet worden. Und obwohl der damalige Fürst von Bondingor die zerschmetterte Stadtmauer wieder hatte aufbauen lassen, waren die Straßen und Häuser dahinter von da an dem Verfall preisgegeben worden. Die Familien, die es sich leisten konnten, waren in den westlichen Teil des Vielvölkerviertels gezogen. Zurückgeblieben waren nur ein paar Arme und Verlorene, die seitdem zwischen den Ruinen ein klägliches Dasein führten. Es war der perfekte Ort für ein räuberisches Untier, um sich tagsüber vor den Augen der Stadtgarde zu verbergen.

Hanissa ließ das Weitsehglas sinken. »Wir müssen ihm nach.«

»Was?«, entfuhr es Tomrin. »Du hast das Monster doch gesehen.«

»Ja, und genau deshalb muss ich es mir genauer anschauen. Irgendetwas war seltsam.« Sie steckte die Kristallscheibe in ihre Ledertasche und wandte sich zum Gehen.

»Nämlich was?«, fragte Tomrin.

Hanissa drehte sich zu ihm um. »Ich glaube, er hat Angst.«

»Angst?« Tomrin sah sie ungläubig an.

Hanissa nickte. »Ich glaube, er ist gar nicht so böse, wie alle denken. Aber um sicher zu sein, muss ich ihn aus der Nähe sehen.« Mit diesen Worten begann sie, die Treppe hinabzulaufen.

Sando schüttelte grinsend den Kopf. »Mädchen und Tiere. Es ist immer das Gleiche.«

»Hoffen wir, dass sie sich nicht irrt«, brummte Tomrin. »Ansonsten verspeist uns der Nachtfresser zum Nachtisch.« Er war froh, dass er sein Schwert mitgenommen hatte.

»Hier irgendwo muss es sein«, flüsterte Sando, während sie durch die leeren Straßen des Ostends liefen. Ihr Weg führte an eingestürzten Häusern und verfallenen Schuppen vorbei. Frei liegende Dachbalken reckten sich wie Knochenfinger in die Höhe. Und dunkle Fensterhöhlen glichen Augen in einem Totenschädel.

»Warum flüsterst du?«, fragte Hanissa leise.

»Warum flüsterst *du*?«, gab Sando zurück. Er blickte zu Tomrin hinüber, der ihm etwas verkniffen zugrinste. Es war ganz klar: Keiner von ihnen hatte ein gutes Gefühl dabei, durch das Ostend zu streifen. Selbst

Hanissa blickte besorgt um sich. Dabei war sie fast den ganzen Weg bis hierher vorweggestürmt.

Die Freunde schlichen von Haus zu Haus, lugten in finster aufklaffende Mauerlücken und lauschten an halb offen stehenden Eingangstüren, ob dahinter vielleicht das dumpfe Schnaufen eines großen – und wie Sando hoffte: satten – Ungeheuers zu hören war. Sie spähten in Hinterhöfe und Gassen, und einmal kletterte Sando sogar auf eine einsame Straßenlaterne, um einen Blick in ein verfallenes Obergeschoss zu werfen.

Auf einmal packte ihn Tomrin am Arm. »Dort vorn! Seht mal!«, zischte der Hauptmannssohn aufgeregt und deutete die Straße hinab.

Sando schaute in die angegebene Richtung. Vor einem Hauseingang auf der Straße lag ein Huhn. Es war ein schönes Huhn: gerupft, ausgenommen, eingefettet und bereit, am Spieß gegrillt zu werden. Und es wirkte in etwa so fehl am Platz wie ein Oger bei einer Hofgesellschaft.

Vorsichtig näherten sich die drei.

»Ja«, sagte Sando und nickte. »Eindeutig der Nachtfresser. Kein Bewohner des Ostends würde so ein gutes Huhn einfach hier herumliegen lassen.« Er hob den Blick. »Wahrscheinlich ist es ihm aus den Klauen gefallen, als er zu dem Haus dort drüben geflogen ist.« Er deutete auf ein einzeln zwischen Steinhaufen stehendes Gebäude, dem die vordere Hälfte des Daches fehlte.

Tomrin holte tief Luft und sah Hanissa an. »Bist du dir immer noch sicher, dass du den Nachtfresser aus der Nähe sehen willst?«

Das Mädchen warf dem Bauwerk einen Blick zu und nickte schweigend. Ihr Gesicht unter den roten Haaren war noch ein wenig blasser als sonst, aber sie wirkte zu allem entschlossen.

»Na schön.« Mit einem leisen Seufzer zog Tomrin sein Kurzschwert vom Rücken.

Neidisch blickte Sando auf die blitzblanke Klinge. Sein eigenes Messer machte dagegen wenig her. Aber wahrscheinlich würde keine der beiden Waffen sie vor dem Zorn des Ungeheuers schützen – falls es doch nicht so harmlos war, wie Hanissa glaubte.

Geduckt überquerten sie die Straße. Neben dem Eingang des Hauses pressten sie sich an die Wand. Tomrin beugte sich vor und lugte durch die Tür. »Sieht ruhig aus«, raunte er. Seine Fingerknöchel traten weiß hervor, als er sein Kurzschwert fester packte und ins Innere trat.

Sandos Finger glitten zu seiner Dolchscheide, aber er zog das Messer nicht. Lieber betrat er scheinbar furchtlos und unbewaffnet die Höhle des Löwen. Er schenkte Hanissa ein aufmunterndes Lächeln und bedeutete ihr, vorzugehen. »Damen zuerst«, sagte er in galant-spöttischem Tonfall.

Als Sando dicht hinter ihr über die Schwelle trat, fiel ihm ein Holzschild auf, das heruntergerissen neben dem Eingang lag. Er hob es auf und schnaubte leise. ZUM TANZENDEN DRACHEN stand darauf, und daneben hatte jemand ein dickes, grünes Ungetüm gemalt, das lustig die Hüften schwang. *Das hier war also einmal eine Schenke,* dachte er. *Irgendwie passend.*

Das Erdgeschoss, in dem sich der Schankraum befand, war völlig leer. Umgestoßene Tische und Stühle standen herum. In einem großen Kamin lag kalte Asche, und Staub tanzte in der Luft. Ausgetretene Dielen knarrten unter ihren Schritten. Sonst war nichts zu hören. Oder doch?

Sando spitzte die Ohren. War da nicht irgendetwas über ihnen im ersten Stock? Er hielt inne, und sein Blick suchte den von Tomrin. Der deutete mit seiner Schwertspitze nach oben. Er hatte das Geräusch auch gehört.

Auf Zehenspitzen schlichen sie zur Treppe, die ins Obergeschoss führte. Das Knarren wiederholte sich, und dazu kam ein Schaben. Es klang, als schiebe sich ein Körper über das Holz. Staub rieselte von der Decke. Unbehaglich blickte Sando hoch.

»Ich gehe vor«, sagte Tomrin kaum hörbar, als sie die Treppe erreicht hatten.

»Nein«, widersprach Hanissa. »Vielleicht knarren die Treppenstufen. Ich bin leichter. Außerdem wollte ich ihn sehen.«

Ergeben zuckte er mit den Schultern und ließ ihr den Vortritt.

Auf allen vieren kroch sie die Treppe hinauf. Wenn Sando genau hinhörte, konnte er jetzt zu allem Überfluss auch noch ein Schmatzen und das Knirschen von Knochen vernehmen. Offensichtlich verzehrte der Nachtfresser gerade seine Beute.

Als Hanissa am oberen Ende der Treppe angekommen war, legte sie sich flach auf die Stufen und hob langsam den Kopf. Sando sah, wie sie zusammenzuckte und verwundert den Kopf schräg legte. Sie drehte sich zu ihnen um und winkte. *Kommt mal her*, formte ihr Mund lautlos.

So leise wie möglich folgten ihr die beiden Jungen. Das letzte Stück der Treppe krochen auch sie auf allen vieren, bevor sie sich rechts neben Hanissa schoben. Stück für Stück hob Sando den Kopf, um in das Obergeschoss hineinzuschauen. Wie er sehen konnte, fehlte nicht nur die ganze vordere Dachhälfte, sondern auch die Zwischendecke zum Speicher. Irgendein riesiger Katapultstein, von den Belagerungsmaschinen eines feindlichen Reiches vor Jahrzehnten über die Mauer von Bondingor geschleudert, hatte hier ganze Arbeit geleistet.

Verwirrt runzelte Sando die Stirn. Er sah das Loch in der Decke. Er sah die Mauer darunter. Aber wo war der Nachtfresser? Neben ihm japste Tomrin leise. *Ach, zum Dämon mit der Vorsicht,* dachte Sando, hob den Kopf – und riss die Augen auf.

Vor ihnen, mit dem Rücken zur Treppe, saß ein Drache. Er war ziemlich klein, nicht größer als ein Hirtenhund. Seine ledernen Flügel waren noch viel kleiner und wirkten irgendwie verkrüppelt. Er hockte vor einem eindrucksvollen Haufen aus frischen Hühnchen, zwei Schweinehälften und allerlei anderen Wurst- und Fleischwaren und schien vollauf damit beschäftigt, all das Essen in sich hineinzustopfen. Dabei wackelte er mit dem Kopf und den winzigen Flügeln. Gelegentlich scharrte er mit einem Hinterfuß auf dem Holzboden, was das Kratzen verursachte, das die drei unten gehört hatten.

Sando starrte Tomrin an. Tomrin starrte Sando an. Dann blickten beide zu Hanissa. Auf ihrem Gesicht lag ein verzückter Ausdruck. »Oh je«, murmelte Sando. »Jetzt kommt's.«

»Ist der *süüüß*!«, hauchte Hanissa. Eigentlich sprach sie so leise wie zuvor, doch das *süüüß* kam ihr etwas zu laut über die Lippen.

Sofort wirbelte der kleine Drache herum. In seinen angewinkelten Ärmchen hielt er ein halbes Huhn, die andere Hälfte hing ihm aus dem Maul. Auf seiner

Nase hatte er einen großen, dunklen Fleck. Er gab einen quäkenden Laut von sich. Das halbe Huhn zwischen seinen Zähnen plumpste zu Boden. Die andere Hälfte hielt er umklammert wie ein Kind seine Puppe. Dabei wich er einige tapsende Schritte zurück und sah Hanissa und die beiden Jungen aus schreckgeweiteten Augen an.

Hanissa erhob sich und streckte ihm beruhigend die Hände entgegen. »Och, Kleiner, du brauchst doch keine Angst zu haben.«

»Warte«, zischte Tomrin. »Hier muss noch irgendwo der Nachtfr…«

Weiter kam er nicht. Denn in diesem Augenblick fing der kleine Drache plötzlich an zu zucken! Er ließ die zweite Hühnerhälfte fallen, und seine Klauen verkrampften sich. Ein dumpfes Gurgeln drang aus seiner Magengegend, als wolle er sich übergeben. Sein Kopf ruckte herum, und seine Glieder flogen durch die Luft, als habe er keine Kontrolle mehr über sie.

»He, was geschieht denn jetzt?«, fragte Tomrin.

Plötzlich schlug die Haut des kleinen Drachen Beulen. Sie dehnte und weitete sich. Die kleinen Flügel schlugen krampfartig, und mit jedem Schlag schienen sie größer zu werden. Seine Arme und Beine streckten sich, verformten sich und wurden dick und knotig.

»Oh, bei den Göttern …«

Größer und größer wurde der Drache. Dornen stachen durch seine Haut, Schuppen verhärteten sich, riesige und messerscharf wirkende Krallen wuchsen aus seinen Händen und Füßen. Der kleine Drache wurde zu einem düsteren, schmutzig grünen Koloss.

»Denkt ihr, was ich denke?«, fragte Sando mit bebender Stimme.

»Oh ja!« Tomrin nickte. »Es *ist* der Nachtfresser!«

Wie zur Bestätigung stieß das Ungeheuer ein markerschütterndes Brüllen aus. Donnernd trat es von einem klauenbewehrten Fuß auf den anderen und hob die kräftigen Arme. Seine Schwingen spreizten sich hinter seinem Rücken und verdeckten die klaffende Öffnung im Hausdach. Auf einmal wirkte das Tier überhaupt nicht mehr ängstlich.

»Lauft!«, schrie Tomrin, packte Hanissa bei der Hand und wollte sie mit sich reißen.

»Nein, warte!« Hanissa reckte den Kopf, um einen weiteren Blick auf das Ungeheuer zu werfen.

»Nichts da. Wenn wir nicht verschwinden, werden wir gefressen.« Tomrin zerrte an ihrem Arm.

Der Nachtfresser stieß ein weiteres Brüllen aus und machte einen Schritt auf sie zu.

Endlich kam Bewegung in Hanissa, und sie folgte Tomrin die Treppe hinunter. Sando nahm ebenfalls die Beine in die Hand. So schnell sie konnten, rannten die drei Freunde durch den Schankraum im Erdgeschoss, während über ihnen die stampfenden Schritte des Nachtfressers erklangen. Sie wagten es nicht, sich noch einmal umzudrehen, als sie durch die leeren Straßen des Ostends flohen.

Kapitel 8
Osrums Geschichte

Die Mittagsstunde war längst vorbei, da saßen Tomrin, Sando und Hanissa noch immer in der Drachengasse 13 und starrten Löcher in die Luft. Der Schreck über die unheimliche Begegnung mit dem Nachtfresser steckte den dreien nach wie vor in den Knochen. So oft Hanissa auch versuchte, die Bilder des Ungetüms aus ihren Gedanken zu vertreiben, scheiterte sie. Gleichzeitig musste sie aber dauernd an die rätselhafte Verwandlung denken – und an den kleinen, so harmlos wirkenden Drachen …

Diese ganze Sache ergab von vorn bis hinten keinen Sinn! Monster sahen doch nicht so hilflos aus! *Echte* Monster hatten kein zweites, freundliches Gesicht. Wie sie es in Gedanken auch drehte und wendete, ihr Verstand weigerte sich, das eine Wesen und das andere als eins zu sehen. »Das passt alles nicht zusammen! Er sah aus, als hätte er mehr Angst vor uns als wir vor ihm.«

Erst als Sando laut schnaubte, begriff sie, dass sie den letzten Gedanken laut ausgesprochen hatte. »Aber nur am Anfang!«, entgegnete er prompt. »Das Riesenvieh, in das er sich verwandelte, hat mir jedenfalls einen ganz schönen Schreck eingejagt.«

»Trotzdem hat Nissa recht«, mischte sich Tomrin ein. Er sah nachdenklich aus dem Fenster. Draußen bemühte sich die Sonne vergebens, Licht in die schmale Gasse zwischen den Häusern Nummer 11 und 15 zu bringen, hinter denen das Geheimversteck verborgen lag. »Irgendetwas stimmt hier nicht. Wenn wir meinem Vater davon erzählen und ihn auf die Spur des Nachtfressers setzen ...«

»... ist der ängstliche kleine Drache, dem wir begegnet sind, so gut wie tot«, beendete Hanissa den Satz. »Entweder erschlägt ihn die Garde, oder er fällt Feylor von Garsting in die Hände – und der sieht ganz sicher in ihm nur das Ungeheuer. Der *will* gar nichts anderes sehen.«

Sando sah fragend von ihr zu Tomrin. »Was sollen wir stattdessen machen? Glaubt mir: Die Stadtgarde und der Marschall können mir gestohlen bleiben. Aber der Nachtfresser ist eine Gefahr für die Leute im Vielvölkerviertel und im Hafenviertel. *Müssen* wir da nicht den Mund aufmachen?«

Endlich riss sich Tomrin vom Fenster los und blickte seine Freunde an. In seinen Augen erkannte Hanissa die gleiche Entschlossenheit, mit der er schon gegen Orin und Borin vorgegangen war. »Natürlich«, antwortete er mit fester Stimme. »Aber lasst uns noch eine Sache versuchen, dann sehen wir weiter, einverstanden?«

Sando nickte. »Klar. Was hast du vor?«

Tomrin grinste. »Wirst du gleich sehen, Sando. Unser Ziel liegt nicht weit von hier.«

Sando wusste nicht, was schlimmer war: der Gestank oder das Gebrüll.

Je näher sie dem großen Gelände kamen, das auf einer Hügelkuppe am nördlichen Ende der Drachengasse lag, desto mehr wünschte er sich, woanders zu sein. Drachen waren in Bondingor kein allzu seltener Anblick. Oft flog die Stadtgarde auf Flugdrachen über den Straßen und Gassen Patrouille. Außerdem gab es Händler, die kleine Zuchtdrachen verkauften. Diese konnten weder fliegen noch Feuer spucken, aber manche Leute hielten sie als Haustiere. Trotzdem war dem Hafenjungen ein wenig mulmig bei dem Gedanken, sich zu einem Hort der geschuppten Wesen zu begeben – ganz egal, was Tomrin sagte.

DRACHENSCHULE BONDING R stand in großen Buchstaben über dem offen stehenden Tor – das zweite *o* war irgendwie abhandengekommen. Rechts und links des Eingangs erstreckten sich hohe, meterdicke Mauern, hinter denen hier und da einzelne Hausdächer und geräumige Käfige aufragten.

»Bist du wirklich sicher, dass uns nichts passieren kann?«, fragte Sando Tomrin, während seine Hand unwillkürlich zum Dolchgriff wanderte.

Dieser lachte. »Keine Sorge. Ich kenne Osrum, seit ich denken kann, und bin schon oft hier gewesen. Die Drachenschule ist einer der sichersten Orte der Stadt.«

Die drei Freunde hatten das riesige Grundstück jenseits der Mauern kaum betreten, da schoss eine Stichflamme keine zwei Handbreit an Sandos Gesicht vorbei!

»Himmel noch eins! Könnt ihr nicht besser aufpassen, ihr Schlafmützen?«, brüllte jemand. Die Stimme war tief und sehr, sehr laut. Sie hallte über den breiten Innenhof und von den hohen Wänden wider.

Starr vor Schreck waren die drei stehen geblieben. Sando schlug das Herz bis zum Hals, als sich das pechschwarze Ungetüm, dem er unachtsam in den Weg getreten war, wieder abwandte und auf einen Transportkarren zustapfte. So einen großen Drachen hatte er noch nie gesehen – erst recht nicht aus nächster Nähe! Die dunklen Schuppen des Tieres glänzten in der Nachmittagssonne, was den Drachen noch unheimlicher aussehen ließ.

Die Ladetüren des Karrens standen weit offen. Mehrere Männer mühten sich, den gut vier Meter hohen und zehn Meter langen Drachen die Rampe hinauf und in den Käfig auf der Ladefläche zu bekommen. Sie führten ihn an schweren eisernen Ketten, als würden sie so etwas jeden Tag machen. Trotzdem: Viel hätte nicht gefehlt und Sandos Nase wäre geröstet worden.

Einer der sichersten Orte der Stadt, wiederholte er in Gedanken und warf Tomrin einen missbilligenden Blick zu.

Der lächelte kläglich. Die Farbe war noch nicht in sein Gesicht zurückgekehrt.

»Warum steht hier überhaupt das Tor auf, hm? Da kann doch jeder reinspazieren.« Von rechts näherten sich stampfende Schritte, dann stand der Besitzer der tiefen, lauten Stimme vor ihnen. »Ich bitte vielmals um Verzeihung für meine unaufmerksamen Stallburschen, aber ihr seid so unverhofft aufge... Tomrin, bist du das?«

Der Mann, der den Hauptmannssohn nun halb besorgt und halb erfreut ansah, war mindestens sechzig Jahre alt und ein wahrer Hüne mit breiten Schultern, muskulösen Armen und einem Oberkörper, über den sich ein grobes weißes Leinenhemd spannte. Darüber trug der Alte ein offen stehendes Wams aus schwarzem Leder. Seine Beine steckten in einer abgewetzten Hose, und die schweren Stiefel zierte mehr Dreck, als selbst Sando es für möglich gehalten hätte. Auf dem Kopf trug er eine Mütze aus Schurwolle, unter der sein hellgraues, kurzes Haar hervorlugte. Im kurzen Vollbart zeigten sich ebenfalls deutlich graue Stellen.

»Seid gegrüßt, Osrum«, begann Tomrin und machte einen Schritt auf den überraschten Alten zu. »Wir sind es, die sich entschuldigen müssen.« Er warf Sando einen Blick aus den Augenwinkeln zu. »*Wir* haben nicht aufgepasst, wohin wir gehen.«

Inzwischen war der Drache sicher untergebracht. Schnaubend, aber ruhig hatte er sich im Innern des langen Transportkäfigs hingelegt. Die Stallburschen befestigten die Kettenenden an der Ladefläche des Karrens. Dann lenkten sie das von sechs kräftigen Pferden gezogene Gefährt zu einem Nebenausgang.

»Ein Schattenbrenner«, sagte der Alte, dem Sandos neugieriger Blick nicht entgangen war, und zwinkerte verschwörerisch. »Sehr seltene Rasse. Kommt in unseren Breiten eigentlich gar nicht vor. Wir haben nur zwei Exemplare, und Dora hier geht für die nächsten vier Wochen auf große Reise. Die königliche Armee braucht sie für die Belagerung von Burg … Aber das interessiert deine Freunde sicher nicht, was, junger Herr von Wiesenstein?«

Dora?, formte Hanissa ungläubig mit den Lippen. Sie sah Sando fragend an, der aber nur mit den Schultern zucken konnte.

»Osrum Drachenschild, das sind Nissa und Sando«, stellte Tomrin seine Begleiter vor. »Osrum leitet diese Schule und weiß mehr über Drachen als jeder andere im ganzen Königreich!«

Der Grauhaarige lachte, dass seine tiefblauen Augen blitzten. »Herr Tomrin übertreibt. Ich bin nur ein alter Mann, der ein bisschen was von Schuppen und Flügeln versteht.« Das Furcht einflößende Gebrüll, das aus allen Richtungen über den Hof hallte, schien ihn nicht im Geringsten zu kümmern.

Die nächste halbe Stunde verbrachte Osrum Drachenschild damit, seinen jungen Besuchern die Schule zu zeigen. Er führte sie an hohen Käfigen vorbei, in denen Drachen unterschiedlichster Art und Färbung lebten. Hinter dem Verwaltungsgebäude befand sich ein Freigehege, in dem mehrere Männer damit beschäftigt waren, den ungestümen Nachwuchs im Zaum zu halten. Es war Fütterungszeit, und ein kräftiger Zwerg goss gerade eine breiige Masse in die Futtertröge. Hungrig scharten sich die katzengroßen Drachenbabys darum.

»Heute gibt es frisch gestampfte Ratte«, verriet Osrum augenzwinkernd. »Das mögen sie in dem Alter ganz besonders.«

Sando verzog angeekelt das Gesicht. So genau hatte er es nicht wissen wollen.

Wie sie auf ihrem Rundgang erfuhren, hatte Osrum die Schule schon vor Jahren übernommen. Ihm verdankte sie ihren guten Ruf. Er war ein tüchtiger, gewissenhafter Mann und zähmte die schuppigen Tiere nicht nur, sondern pflegte sie auch und bildete sie für den Kampf aus.

»Osrum sorgt auch für die Flugdrachen der Stadtgarde«, berichtete Tomrin, als sie sich den Stallungen näherten. Im Innern der lang gezogenen Steinbauten grunzte und schnaufte es. Die Luft roch nach Dung, Dreck und Schwefel. »Hier werden die Tiere für den Dienst vorbereitet«, fuhr Tomrin fort.

Sando, der seinen ersten Schreck mittlerweile überwunden hatte, begeisterte sich von Minute zu Minute mehr für diesen seltsamen Ort. Er war zweifellos einer der faszinierendsten in Bondingor!

»Das ist ja alles sehr interessant, aber sollten wir Osrum nicht langsam verraten, warum wir gekommen sind?«, warf Hanissa ein und stupste Tomrin mit dem Ellbogen an. Ihr Blick machte deutlich, dass sie für ihren Geschmack bereits mehr als genug Zeit vertrödelt hatten.

Tomrin nickte schuldbewusst. »Du hast ja recht.« Er wandte sich an den Drachenzüchter. »Wir brauchen eine Auskunft.«

»Eine Auskunft?« Osrum hatte die Tür zu den Stallungen bereits halb geöffnet. Nun hielt er inne und hob die buschigen Brauen.

»Wegen des Nachtfressers«, gestand Tomrin leise. Er schien Mühe zu haben, darüber zu sprechen. »Wir … Wir sind ihm heute Morgen gefolgt und …«

»Ihr seid *was*?« Der eben noch so freundliche Alte riss die Augen auf. Rasch schloss er die Tür wieder und stemmte die Fäuste in die Hüften. »Tomrin von Wiesenstein, weiß dein Herr Vater, was du mir hier berichtest?« Er wirkte ziemlich wütend – und gleichzeitig sehr besorgt.

Tomrin senkte beschämt den Kopf und schwieg. Er schien auf die Standpauke zu warten, die Osrum ihm nun zweifellos halten würde.

Hanissa seufzte. »Alles muss man selber machen«, hörte Sando sie flüstern. Lauter sagte sie: »Wir sind dem Nachtfresser ins Ostend gefolgt und haben herausgefunden, dass er sich verwandelt. In einem Moment ist er ein furchtbares Ungetüm, im nächsten ganz winzig. Und irgendwie ängstlich, wie uns schien. Herr Drachenschild, wisst Ihr von Drachen, die sich verwandeln können?«

Eine ganze Weile lang sagte Osrum nichts. Stattdessen bedachte er Hanissa und die anderen mit einem Blick, den Sando nicht deuten konnte. Sorge schien darin zu liegen, aber auch Schmerz und … *Scham?*, fragte sich der Hafenjunge verwirrt.

Die sonnengebräunten Wangen des Alten wirkten, als hätten sie mit einem Mal an Farbe verloren. Seine Hände fielen schlaff herab. Seine Lippen waren zu einem schmalen, verkniffenen Strich zusammengepresst.

Sando spürte geradezu, dass ihnen eine wichtige Enthüllung bevorstand.

Endlich kam wieder Leben in Osrum. »Folgt mir«, brummte er knapp. »Kein weiteres Wort hier draußen, klar?« Damit wandte er sich um und ging schnellen Schrittes auf das Verwaltungsgebäude zu, ohne weiter auf Tomrin, Hanissa und Sando zu achten.

Die sahen sich fragend an. Dann folgen sie ihm ratlos.

Fünf Minuten später saß die Drachengassenbande vor dem vielleicht klobigsten Schreibtisch in ganz Bondingor. Es war ein Monstrum aus dunklem Holz, und sein Gewicht machte sicher dem von Dora Konkurrenz. Die Oberfläche war mit Briefen, Protokollbüchern, Kerzen und anderen Gegenständen bedeckt. Irgendwo lugte sogar ein halb verzehrtes Käsebrot hervor. Osrum, der Herr über dieses Chaos, hatte es sich auf der anderen Tischseite in einem mit abgewetzten Decken behangenen Stuhl bequem gemacht. Er schob einige Unterlagen von links nach rechts, als müsse er *sie* ordnen, um seine Gedanken zu ordnen. Fast schien es, als hätte er Sando und seine Freunde vergessen.

Das konnte man von dem knapp ferkelgroßen Zwergdrachen leider nicht sagen, der mit ihnen im Raum war und gerade interessiert an Sandos rechtem Bein schnupperte. Das Tier war blaugelb und seine Haut unglaublich runzlig. Seine Flügel überragten seinen Leib, und wenn sich der Drache aus seinem Kissenlager über die Holzbohlen schleppte, zog er das linke Hinterbein auffällig nach. Er hieß Burps, wie Osrum ihnen beim Eintreten verraten hatte. Wann immer das mürrische Tier nicht gerade heiser knurrte und den dreien finstere Blicke zuwarf, rülpste es mit einer Selbstverständlichkeit Schwefelduft in den Raum, als gehöre die Welt ihm, und wem der Gestank nicht passe, dürfe gerne gehen.

Die Wände von Osrums kleinem Zimmer waren kahl. An einer Seite hing eine Öllampe, die in dunklen Stunden Licht spendete, aber noch fiel Sonnenlicht durch das Fenster zum Hof.

»Ihr wart also beim Nachtfresser.« Es war eine Feststellung, keine Frage. Osrum vergrub das Gesicht in den gewaltigen Händen und wischte sich über die Wangen. »Das heißt, ihr habt Fleck kennengelernt. Früher oder später musste es wohl so kommen.«

»Fleck?«, hakte Hanissa nach. »Der Nachtfresser hat einen Namen?«

»Jedenfalls heißt er nicht Nachtfresser«, brummte Osrum ungehalten. »Was ihr da verfolgt habt, stammt nämlich von hier, aus meiner Schule. Und es ist kein Monster aus irgendeinem Dämonenreich! Fleck kam in meinen Ställen zur Welt. Als Flugdrache, der nicht fliegen konnte …« Er hielt kurz inne, bevor er fortfuhr. »Wisst ihr, was mit Drachen geschieht, die einen Geburtsfehler haben? Sie werden getötet. So will es das Gesetz! Aber das brachte ich nicht übers Herz. Fleck ist so unschuldig …«

Überrascht blickten Sando und Tomrin einander an. Das Ungeheuer, das seit Tagen ganz Bondingor in Angst und Schrecken versetzte, sollte ein verkrüppelter Jungdrache sein? Das war doch lächerlich, nein, es war absurd, nein, eigentlich war es …

»Magie«, murmelte Hanissa. »Oder? Ihr habt ihn irgendwie verzaubert.« Sie wirkte gleichzeitig wütend und neugierig.

Osrum nickte. »Ich glaubte wirklich, ihn retten zu können«, gestand er. »Ich dachte, ich würde ihn schon aufpäppeln, bevor sein Geburtsfehler der Garde auffiele. Also versteckte ich ihn im hinteren Teil der Stallungen und suchte nach magischer Hilfe. Bei einem Alchemisten nahe der Universität kaufte ich einen

Trank. Und anschließend flößte ich Fleck das Gebräu ein. Zuerst schien alles gut zu gehen. Aber dann … Ich hätte wissen müssen, dass es nicht so leicht ist. Himmel, ich war so dumm!« Wütend schlug er mit der flachen Hand auf den Tisch.

»Was ist geschehen?«, hakte Hanissa leise nach.

Osrum verzog leidvoll das Gesicht. »Am Anfang verlief alles, wie es mir der Kerl versprochen hatte: Fleck vertrug den Trank gut, benahm sich ganz normal. Aber dann hörte ich nachts plötzlich grauenvolle Geräusche in den Stallungen. Ich stand auf, eilte hinaus – und statt Fleck stand plötzlich ein Monstrum vor mir.«

»Der Nachtfresser«, murmelte Tomrin atemlos. »Fleck hatte sich verwandelt. Zum ersten Mal.«

»Er war tatsächlich groß und stark geworden.« Osrum lachte freudlos. »Nur ein wenig *zu* groß.«

»Und zu wild.« Hanissa schluckte. »Statt eines normalen Flugdrachen erzeugte der Zaubertrank ein unkontrollierbares Untier.«

»Fleck geriet dadurch vollkommen in Panik. Er durchbrach die Rückwand der Stallungen. Dann breitete er seine Flügel aus, schwang sich in den Nachthimmel und flog fort.« Osrum seufzte. »Seitdem ist er der Nachtfresser. Und den Rest der Geschichte kennt ihr.«

»Warum habt Ihr niemandem etwas gesagt, Osrum?«, fragte Tomrin verwirrt.

Osrum senkte den Blick. »Zum einen, weil ich um Flecks Leben fürchte. Bekommt die Garde ihn zu fassen, schlägt sein letztes Stündlein. Zum anderen habe ich Zeit meines Lebens meine Fehler selbst behoben. *Ich* bin schuld an Flecks Verwandlung. *Ich* sollte derjenige sein, der ihn aufhält, oder? Daher bin ich in den letzten Nächten durch die Straßen von Bondingor gezogen und habe nach ihm gesucht – doch bislang erfolglos. Ich gebe zu, ich war nah dran, aufzugeben und mich an die Stadtgarde zu wenden, auch wenn mir das gar nicht gefällt. Doch bei all der Arbeit hier kann ich mir nicht länger erlauben, jede Nacht durch die Stadt zu streifen.«

»Aber das müsst Ihr gar nicht«, warf Sando ein. »Wir haben jetzt schließlich eine richtige Spur! Wir wissen, dass er sich im Ostend versteckt.«

»Und wir wissen, dass er sich zurückverwandelt.« Hanissa nickte gedankenvoll. »Es scheint, als habe der Zaubertrank seine Wirkung nicht richtig entfaltet. Das ist gut für uns. Vielleicht fällt mir etwas ein, womit wir den Zauber ganz aufheben können. Dazu müssten wir Fleck allerdings finden, bevor ihn die Monsterjäger des Stadtmarschalls in die Finger bekommen.«

»Monsterjäger?« Osrum sah auf. »Für einen harmlosen Jungdrachen, der einfach nicht weiß, was er tut? Ihr Götter, die werden ihn töten!«

»Nicht, wenn wir es verhindern können«, versprach Tomrin.

»Und genau das werden wir versuchen«, erwiderte Hanissa mit glitzernden Augen und hielt den Jungen die Hand hin.

Burps knurrte zwar skeptisch und rülpste neuen Schwefelduft in den Raum, doch das störte Sando längst nicht mehr. Ohne zu zögern, schlug er ein, und Tomrin tat es ihm gleich.

Kapitel 9
Nachts unter Magiern

Als Hanissa an diesem Abend zur Magischen Universität zurückkehrte, war sie ganz aufgeregt. Hoffentlich würden sie und die beiden Jungen es schaffen, diesen armen Jungdrachen wieder zu Osrum zu bringen!

»Aber machen wir uns nichts vor«, murmelte sie. »Ich bin die Einzige, die Fleck retten kann.«

»Bitte um Verzeihung?«, fragte ein bärtiger, alter Mann in einer langen blauen Robe. Er stand neben dem Eingang der Universität und beschnitt einen kleinen Strauch leuchtend violetter Blumen.

Hanissa merkte, dass sie den letzten Gedanken laut ausgesprochen hatte, und schüttelte den Kopf. »Ach, es ist nichts, Magister Kleiblatt. Ich habe nur laut nachgedacht.«

»Pass auf, mein Kind«, sagte Kleiblatt und wedelte dabei mit einer kleinen, silbernen Sichel durch die

Luft. »Laut ausgesprochene Gedanken können dir entfleuchen. Und dann flattern sie wie Schmetterlinge umher, hierhin und dorthin. Es ist unglaublich schwer, sie wieder einzufangen.« Er warf ihr über den Rand seiner Nickelbrille hinweg einen warnenden Blick zu.

»Ja, Magister Kleiblatt«, sagte Hanissa artig und schenkte dem Mann ein Lächeln. Die meisten Dozenten der Magischen Universität waren ja wirklich nette alte Herren, aber manchmal kam es ihr vor, als wohne sie in einer Gemeinschaft voller Verrückter.

Hanissa ließ Magister Winhelm Pappadocis Kleiblatt, den Dozenten für Kräuterkunde, am Tor zurück und spazierte über den Campus auf die Wohngebäude zu. In den hohen Bäumen zwitscherten bunte Vögel. Studenten saßen auf Bänken und unterhielten sich. In einem der Türme knallte es dumpf, und eine blaue Qualmwolke drang aus den offenen Fenstern im obersten Stockwerk.

Die Gebäude und Anlagen der Magischen Universität waren kreisförmig um den hohen Turm des Großmagisters herum angeordnet. Im inneren Bereich standen drei Türme wie an den Ecken eines Dreiecks. Die Zauberer nannten sie – erstaunlich fantasielos – die *Drei Türme.* Um sie herum befand sich ein Ring aus Wohngebäuden – kurz *Ring* genannt –, in dem die Dozenten lebten. Dann kamen die *Fünf Türme*, die sich an den Spitzen eines aus Wegen gebildeten, fünfstrahligen Sterns erhoben. Ein großzügiges Quadrat aus Gebäuden – das schlicht *Quadrat* hieß und in dem die Studenten untergebracht waren – umschloss sie. Darauf folgten die weitläufigen Außenanlagen der Universität, darunter der botanische Garten und die Gehege für exotische Tiere. Dieser Bereich schließlich war von einer weiten, kreisrunden Mauer umgeben, aus der sich die *Sieben Türme* erhoben, drei im Süden, drei im Norden und einer im Osten. Im Westen lag das Eingangstor des Campus.

Hanissa wohnte mit ihrer Mutter Corinda im *Ring*. Das lag daran, dass Hanissas Mutter die Küche der dortigen Kleinen Mensa leitete, in der die Dozenten aßen, während die Studenten ihre Mahlzeiten in der Großen Mensa im *Quadrat* einnahmen.

Dadurch konnte Hanissa leicht in die Bibliothek und die Experimentierstuben der Magister schleichen, die auch im *Ring* untergebracht waren. Diese Räume waren ein Hort spannenden Wissens. Und Hanissa sog Wissen auf, wann immer niemand hinschaute.

Auch heute Nacht wollte sie zur Bibliothek. In der Abteilung »Verwandlungsmagie« würde sie bestimmt ein geeignetes Gegenmittel finden, um den armen Fleck von seinem schrecklichen Schicksal als Nachtfresser zu erlösen.

»Hallo, Nissa, wie war dein Tag?«, begrüßte ihre Mutter sie, als das Mädchen die Wohnung betrat.

»Gut«, sagte Hanissa, während sie rasch ihre Tasche mit dem Weitsehglas in ihr Zimmer brachte.

Bei ihrer Unterkunft handelte es sich um eine winzige Wohnung, die aus einem Esszimmer, dem Schlafzimmer ihrer Mutter und Hanissas Stube bestand. Aber es war trotzdem mehr, als viele andere Bedienstete der Universität hatten: Die meisten mussten sich zu zweit ein einzelnes Zimmer teilen. Deshalb wäre Hanissa nie auf den Gedanken gekommen, sich über ihre Bleibe zu beschweren.

Als sich Hanissa umdrehte, stand Corinda im Türrahmen, die Hände vor der Brust verschränkt. Ein Leben in der Küche hatte seine Spuren bei ihr hinterlassen. Sie neigte zur Fülle, und ihre Wangen waren stets leicht gerötet. Das unbändige rote Haar, das Hanissa von ihr geerbt hatte, trug Corinda zu einem Knoten zusammengebunden. In ihren braunen Augen lag sichtlicher Tadel. »Du warst heute schon vor Sonnenaufgang fort«, sagte sie vorwurfsvoll.

»Ich habe doch einen Zettel geschrieben und erklärt, dass ich den Sonnenaufgang beobachten will«, verteidigte sich Hanissa.

»Aber nicht hier auf dem Gelände der Universität.«

Hanissa schaute ein wenig schuldbewusst drein. »Nein. Ich war im Gnomen-Eck. Der Ausblick vom Tempel ist einfach wundervoll.«

Ihre Mutter seufzte. »Hanissa, du weißt, dass ich es nicht mag, wenn du dich im Dunkeln allein in der Stadt herumtreibst!« Dass Corinda sie Hanissa und nicht Nissa nannte, war ein deutliches Zeichen dafür, wie verärgert sie war.

»Aber ich war gar nicht allein. Tomrin hat mich begleitet.«

»Dieser Junge, den du vorgestern erst kennengelernt hast?« Ihre Mutter runzelte die Stirn.

»Tomrin ist der Sohn des Hauptmanns der Stadtgarde!«, protestierte Hanissa. »Er würde niemals zulassen, dass mir etwas zustößt! Er hat mich sogar am Eingang der Universität abgeholt.« Das ärgerte Hanissa zwar immer noch, aber ihre Mutter beruhigte es vielleicht.

Ein Lächeln huschte über Corindas Züge. »So, so, er ist also schon ein richtiger kleiner Ritter.« Sie zwinkerte ihrer Tochter zu.

Hanissa spürte, dass sie vor Verlegenheit rot wurde. Ihre Mutter sollte bloß nichts Falsches denken. »So ungefähr«, murmelte sie.

Corinda strich ihr über den Kopf. »Na gut. Wir wollen nicht länger darüber reden. Pass nur schön auf dich auf, Nissa. Du bist doch alles, was ich habe.« Das sagte sie immer mal wieder, wenn sie sich Sorgen um Hanissa machte. Vielleicht lag es daran, dass Hanissas Vater bereits vor ihrer Geburt gestorben war. Das Mädchen wusste praktisch nichts über ihn – nur dass ihn Corinda noch immer vermisste.

»Ja, Mutter«, sagte sie leise.

»Dann komm nun etwas essen«, sagte Corinda versöhnt. »Und danach geht es ins Bett, klar?«

Hanissa wartete, bis die Glocke der Universität Mitternacht schlug. Dann schlüpfte sie aus dem Bett und in ihre Kleider. Sie wollte sichergehen, dass ihre Mutter tief und fest schlief, bevor sie sich zum zweiten Mal innerhalb eines Tages davonschlich. Denn wenn sie diesmal erwischt wurde, war ihr ein Stubenarrest sicher. Und das durfte nicht sein – schon um Flecks willen nicht.

Auf Zehenspitzen schlich Hanissa ins Esszimmer. Wie erwartet, war die Tür zum Zimmer ihrer Mutter nur angelehnt. Die Atemzüge, die aus Corindas Schlafgemach kamen, klangen tief und gleichmäßig. Vorsichtig setzte Hanissa ihren Weg fort und machte einen Bogen um die knarrenden Bodendielen. Kaum war sie an der Tür angekommen, entriegelte sie diese und glitt hinaus auf den Korridor.

Ihre Unterkunft lag im Obergeschoss des *Rings*. Direkt darüber folgte der große Dachboden, auf dem die Zauberer allerlei Gerümpel aufbewahrten, darunter viele Überbleibsel fehlgeschlagener Experimente. Auch der Speicher war für Hanissa eine wahre Fundgrube magischen Wissens. Aber in dieser Nacht zog es sie hinunter in die Bibliothek.

Sie huschte durch den mit alten Teppichen ausgelegten Korridor. Einige wenige immerleuchtende Feenfeuer erhellten den Gang. Links und rechts reihte sich Tür an Tür. Dort lagen die Zimmer der Köchinnen, Zimmermädchen, Dienstboten und Bibliotheksgehilfen. Sie alle schliefen um diese Uhrzeit. Niemand bemerkte das verstohlen vorbeihuschende Mädchen.

Hanissa erreichte eine der drei Treppen, die nach unten in den ersten Stock führten, wo ein Großteil der Zauberer wohnte, die an der Universität Unterricht gaben.

Dort wurde es kniffliger, denn oft waren die Zauberer bis weit nach Mitternacht mit Experimenten beschäftigt. Oder sie saßen in einem der Kaminzimmer und sprachen über Götter und Welten. Hanissa musste aufpassen, dass sie keinem von ihnen über den Weg lief.

Im Augenblick schien alles ruhig zu sein. Auf leisen Sohlen ging sie die Treppe hinunter, dann huschte sie vorsichtig von Nische zu Nische.

Auf einmal vernahm sie hinter sich Schritte und das Murmeln eines Mannes, der mit sich selbst zu sprechen schien. Hektisch schaute sich Hanissa um. Das einzige Versteck, das sie sehen konnte, war ein alter, großer Schrank an der linken Wand des Korridors. Rasch eilte sie hinüber, öffnete ihn und kletterte hinein.

Erst als sie den bläulichen Schein links neben sich bemerkte, wurde ihr klar, dass sie etwas nicht bedacht hatte. Langsam drehte sie den Kopf und machte ein verlegenes Gesicht.

»Du brauchst nicht anklopfen. Komm ruhig rein«, sagte Kaspar Nekronimus Huibur. Er war der Lehrer für Geisterkunde, übrigens selbst ein Geist, und er wohnte in diesem Schrank.

»Es … Es tut mir leid«, stammelte Hanissa und sah den fast durchsichtigen Zauberer, der neben ihr in der Luft schwebte, kleinlaut an.

»Schon gut, mein Kind. Du hast mich ja nicht gestört«, sagte Huibur. »Aber haben wir nicht tiefe Nacht? Mir war, als hörte ich eben meine Lieblingsstunde schlagen. Was treibst du so spät hier draußen?«

»Ich konnte nicht schlafen«, log Hanissa.

Das Gespenst seufzte. »Ja, das kenne ich. Dann gibt es nichts Besseres, als aufzustehen und ein wenig durch die Gänge zu geistern.« Er gluckste heiser über das Wortspiel.

»Ihr sagt es«, stimmte ihm Hanissa zu. Durch einen Spalt in der Schranktür sah sie, wie ein weiterer

Zauberer an ihnen vorbeischlurfte. Der Mann trug ein dickes Buch unter dem Arm und war in Nachthemd und Nachtmütze gekleidet. Vermutlich hatte er einen plötzlichen Drang verspürt und war auf dem Weg zur Latrine. Auch das sorgte bei all den alten Männern, die hier lebten, für eine ständige nächtliche Unruhe im *Ring*.

Huibur räusperte sich. »Und … ähm … kann ich dir etwas anbieten? Eine Tasse Spinnenbeintee vielleicht?«

Hanissa schüttelte es innerlich. Huibur mochte ein wirklich nettes Gespenst sein, aber er hatte ein paar eklige Vorlieben. »Ach, wisst Ihr, vielen Dank, aber …« Sie täuschte ein herzhaftes Gähnen vor. »Ich glaube, ich werde langsam müde. Ich gehe wieder ins Bett.«

»Mach das, mein Kind«, sagte der geisterhafte Geisterkundler mit einem verständnisvollen Lächeln. »Gute Nacht.«

»Gute Nacht.« Leise schlüpfte Hanissa aus dem Schrank und setzte ihren Weg fort.

Über eine zweite Treppe gelangte sie ins Erdgeschoss, das größer und prachtvoller war als die oberen Stockwerke. Weiter hinten sah sie schon den Eingang der Bibliothek. Doch ein Hindernis musste sie noch überwinden: Eine Tür zur Rechten stand offen, und ein flackernder violetter Lichtschein fiel auf den Gang. Vermutlich wurden dort irgendwelche nächtlichen Experimente durchgeführt.

Vorsichtig schlich Hanissa heran und lugte um die Ecke, um zu schauen, ob sie vorbeihuschen konnte.

Hinter der Tür befand sich eine hohe, steinerne Kammer. Dicke Säulen schmückten ihre Wände. Jemand hatte magische Symbole auf den Boden gezeichnet, die in einem sanften Licht schimmerten. *Ein Schutzkreis*, erkannte Hanissa. Dieser war auch sehr sinnvoll, denn wenn sie sich nicht täuschte, versuchten die vier dort versammelten Zauberer, einen Feuergeist zu beschwören. Murmelnd und mit ausholenden Gesten schleuderten sie Pülverchen und andere Zutaten in eine Schale, die auf einer Art Altarstein stand. Magisches Feuer brannte in ihr.

Hanissa verzog das Gesicht. Die Flamme war viel zu violett, beinahe schon veilchenblau. *Die haben bestimmt Feuerwurz statt Feuerkraut hineingeworfen*, dachte sie voller Unbehagen. Das konnte schiefgehen. Wenn die Alten nicht aufpassten, würde ihnen ihr Ritual mit einem Donnerschlag um die Ohren fliegen. Und wenn sie richtig Pech hatten, war der Feuergeist bis dahin schon da. Er würde wie wild durch den *Ring* jagen und Vorhänge in Brand stecken – wie es im letzten Winter mal passiert war.

Doch Hanissa hatte im Moment Wichtigeres zu tun, als die Lehrer der Magischen Universität zu belehren. Unbemerkt huschte sie den Gang hinunter zur

Bibliothek. Deren Tür war unverschlossen, wie immer. Allen Zauberern stand es zu jeder Tages- und Nachtzeit frei, sich hier aufzuhalten und alte Schriften zu studieren. Hanissa musste wachsam bleiben.

Tatsächlich brannte in der Bibliothek eine Nachtbeleuchtung. Also war noch irgendjemand in dem Labyrinth aus Bücherregalen unterwegs. Ein leises Heulen strich durch die Gänge wie der Wind um Hausecken. Anscheinend konnte eines der magischen Bücher, die zum Teil sogar zu sprechen vermochten – und oft alles andere als wohlerzogen waren –, auch nicht schlafen. Aber um diese Zeit war kein Bibliothekar mehr da, um es zu beruhigen.

Armes Ding, dachte Hanissa. Sie versuchte herauszufinden, von wo das Geräusch kam. Dann folgte sie ihm. Vielleicht konnte sie ja helfen.

Der Verursacher des Geräuschs war ein dickes, in rotes Leder gebundenes Buch in der Abteilung für Elementarmagie. Den Titel aus goldenen Feuerrunen konnte Hanissa nicht entziffern, leichter Schwefelgeruch gemahnte jedoch zur Vorsicht. Vermutlich handelte es sich um ein Buch zur Dämonenbeschwörung. *Der Feuergeist*, begriff Hanissa. *Wahrscheinlich haben die Zauberer dort draußen in diesem Buch ihr Ritual nachgeschlagen.*

»Still, still«, sagte sie zu dem Buch, das ganz herzzerreißend am Schluchzen war. »Was hast du denn?«

»Jmdhtmnestnmgeknkt«, nuschelte das Buch.

»Wie bitte?«, fragte Hanissa. Dann fiel ihr ein, dass Bücher besser sprechen konnten, wenn man sie aufklappte. Also zog sie es hervor und öffnete es. Das Buch war warm wie der Bauch einer Katze.

»Jemand hat meine Seiten umgeknickt«, wiederholte es leise. »Das tut weh.«

»Wo?«, fragte Hanissa.

»Hinten. Siebzehntes Kapitel.«

Hanissa blätterte an die entsprechende Stelle. Die Seiten qualmten leicht unter ihren Fingern. *Feuergeister beschwören.* Wie sie es sich gedacht hatte: Die Zauberer hatten hier ihr Ritual nachgelesen und dann in ihrer zerstreuten Art das Buch so zugeklappt, dass deutliche Eselsohren entstanden waren. Die konnte Hanissa, die Bücher liebte, überhaupt nicht leiden.

»Hier. Das hätten wir«, sagte sie und strich behutsam die Seiten wieder glatt.

»Danke«, sagte das Buch. »Aber hör mal. Du bist doch kein Zauberer. Du bist doch ein Mädchen, oder?«

Hanissa spürte, wie ihr heiß wurde. »Äh, ja, aber verrate mich bitte nicht. Ich brauche Hilfe.«

»Hilfe?«, wiederholte das Buch. »Worum geht es denn?« Offenbar hatte es gute Laune, nachdem es von seinem »Seitenstechen« erlöst worden war.

In raschen, geflüsterten Worten erklärte Hanissa, dass sie hergekommen war, um einen Gegenzauber für Flecks Verwandlung zu finden.

Das Buch lauschte geduldig, und ab und zu raschelte es beifällig.

»Ich verstehe«, sagte es schließlich. »Aber bei der Verwandlungsmagie bist du da falsch. Schau mal hinüber zu den Antimagiewerken. Ich halte zwar nicht viel von ihnen, aber wenn jemand einen Zauber richtig ruinieren kann, dann die. Ich empfehle dir *Echsechs Hexex*, die zweibändige Ausgabe vom vorletzten Jahr. Die zerstört alles. Vor Kurzem wurden die beiden Bände zusammen mit einem kleinen Kräutermagiebüchlein auf einem Stapel vergessen. Von dem armen Kerlchen war nicht mehr viel übrig, als ein Bibliothekar die drei fand.« Das Buch seufzte.

»Vielen Dank«, sagte Hanissa. »Ich werde mich gleich mal dort umschauen.«

»Grüß sie von mir«, bat das Buch. »Und richte ihnen aus, dass ich ihnen einen meiner Feuerzauber auf den Umschlag hetze, wenn sie mir zu nahe kommen.«

Das werde ich sicher nicht, dachte sich Hanissa, aber sie lächelte nur und nickte. Leise durchquerte sie die Bibliothek, wobei sie unbemerkt an einem glatzköpfigen Zauberer vorbeiging, der in der Mitte des Regallabyrinths in einer vor ihm schwebenden Schriftrolle las.

Kurz darauf erreichte sie die Antimagieabteilung, die etwas abseits in einer Ecke der Bibliothek lag. *Echsechs Hexex* war kaum zu übersehen. Die beiden blauen Bücher wirkten wuchtig wie ein zehnbändiges Lexikon. Zusammen wogen sie sicher fast halb so viel wie Hanissa. Kein Wunder, dass sie einem harmlosen Kräutermagiebüchlein praktisch den letzten Buchstaben aus den Seiten gepresst hatten.

Hanissa hievte den zweiten Band aus dem Regal und legte ihn auf einen Beistelltisch.

Fass mich nicht an.

Die Stimme tauchte unvermittelt in ihrem Kopf auf, und sie klang ganz und gar nicht freundlich. Sie war rau und düster – wie die eines Dämons, den man aus dem Schlaf weckt.

Hanissas Hände zuckten zurück. »Huch«, entfuhr es ihr. Sie hatte nicht damit gerechnet, dass *Echsechs Hexex* telepathische Fähigkeiten haben könnte. Diese Bücher waren wirklich mächtig!

Stell mich ins Regal zurück, kleines Kind. Ich bin nichts für dich, verkündete das Buch.

»Aber ich brauche deine Hilfe«, sagte Hanissa. Entschlossen streckte sie die Hände aus und versuchte, das Buch aufzuklappen. Doch so sehr sie sich auch bemühte, sie konnte den Buchdeckel um keinen Fingerbreit heben.

Warum sollte ich dir helfen? Du kennst nicht einmal das Zauberwort, um mich zu öffnen.

»Zauberwort?«, wiederholte Hanissa. »Seit wann ist ein Antimagiebuch durch ein Zauberwort geschützt? Du lügst doch.«

Sie ist schlauer, als sie aussieht, mischte sich eine zweite Stimme ein. Sie war der ersten so ähnlich, dass es sich nur um Band eins handeln konnte.

Sei still, knurrte Band zwei. *Na schön. Du hast recht, kleines Kind. Es gibt kein Zauberwort. Aber ich wüsste trotzdem nicht, warum ich dir helfen sollte.*

Hanissas Gedanken rasten. Sie konnte das Buch nicht zwingen. Schließlich war sie kein mächtiger Zauberer. Aber vielleicht ließ es sich von ihr locken. »Weil du etwas Magisches zerstören darfst«, sagte sie.

Pah, so etwas mache ich tagein, tagaus, erwiderte das Buch.

»Aber das hier ist besser«, versicherte ihm Hanissa. »Kein langweiliger Schlafzauber, der aufgehoben werden muss. Kein Feuergeist, der Vorhänge abbrennt. Hierbei geht es um einen Verwandlungszauber! Besser noch: einen *gestörten* Verwandlungszauber, der aus einem Drachen ein Ungeheuer macht, und das auch noch völlig unkontrolliert und zufällig.« Hanissa hatte ihre Stimme zu einem vertraulichen Flüstern gesenkt. Die Art, wie sich der blaue Buchumschlag leicht hob, zeigte ihr, dass *Echsechs Hexex* neugierig geworden war.

Ein unkontrollierter Verwandlungszauber …, murmelte das Buch. Es hüstelte. *Sprich weiter, mein liebes Kind. Vielleicht kommen wir doch ins Geschäft.*

Irgendwo in der Ferne gab es einen Donnerschlag, gefolgt von leisen Schreien.

Ich wusste es doch, dachte Hanissa kopfschüttelnd. *Feuerwurz statt Feuerkraut.* Dann widmete sie sich wieder ihrer eigentlichen Aufgabe.

KAPITEL 10
Feenstaub und Weidenwurz

Am nächsten Morgen sah die Welt leider kein bisschen besser aus, wie Hanissa schon vor dem Frühstück feststellte. Der Nachtfresser hatte erneut zugeschlagen! In den Gängen der Universität schnappte sie auf, dass ihm eine Metzgerei an der Osthandelsstraße zum Opfer gefallen war. Von dem Gebäude war nur noch eine Ruine übrig, hieß es, und von den Waren in seinem Lager gar nichts mehr.

Es wird wirklich Zeit, dass wir diesen Spuk beenden, dachte sie und trat aus dem *Ring* auf den Innenhof.

Der Zettel in ihrer Rocktasche gab ihr ein gutes Gefühl. Seit der vergangenen Nacht wusste sie genau, was zu tun war, um Fleck zu helfen. Alles, was sie benötigte, waren die Zutaten für den Zaubertrank, den sie heute brauen wollte. Und sie wusste, wer sie ihr besorgen würde.

Rechts und links von ihr eilten die Zauberer über das weitläufige Gelände der Universität. *Männliche* Zauberer natürlich. *Wenn ihr wüsstet* …, dachte Hanissa. Ihr Ziel war die Drachengasse – der Ort, an dem auch sie zaubern würde.

Die Glocke schlug gerade zur zehnten Stunde, da trafen sich Tomrin, Hanissa und Sando wieder in dem unsichtbaren Haus mit der Nummer 13. Staub tanzte im Licht, das träge durch die trüben Butzenscheiben in die ehemalige Wohnstube fiel.

»Habt ihr schon gehört?«, fragte Tomrin, als die drei Freunde im Schneidersitz auf dem Holzboden saßen. »Fleck hat wieder …«

»Haben wir«, unterbrach ihn Sando und warf Hanissa einen fragenden Blick zu. »Oder?«

Sie nickte. »In der Universität redet man von nichts anderem mehr. Jeden Morgen geht es nur darum, was das Monster wieder angerichtet hat.«

»Kann ich gut verstehen«, murmelte Sando. »Ich habe heute Nacht mal wieder kaum schlafen können und deshalb stundenlang aus meinem Zimmerfenster geguckt. Es sah so aus, als habe die halbe Hafenbevölkerung kein Auge zugetan. Die haben alle Angst.«

»Dagegen gibt es ein Mittel.« Hanissa zog den Zettel aus ihrer Rocktasche, faltete ihn auseinander und legte ihn in die Mitte. »Genau genommen einen Trank, den ich brauen werde, um den Verwandlungszauber rückgängig zu machen.«

Tomrin hob eine Braue. »Hier?«, fragte er und sah sich in dem Zimmer um. »Du?«

»Was soll *das* denn heißen?«, gab sie schnippisch zurück.

»Dass du … na ja … dir vielleicht etwas viel vorgenommen hast«, antwortete er. »Ich weiß natürlich, dass du einiges kannst. Aber holen wir nicht besser jemanden zu Hilfe, der erfahrener in solchen Dingen ist? Einen eurer Magister?«

Hanissa sprang auf. Sie spürte, wie ihre Arme und Beine vor lauter Zorn zu zittern begannen. Sie ballte die Fäuste. »Tomrin von Wiesenstein«, presste sie hervor. »Eins musst du noch über mich lernen: Würde ich das nicht schaffen, hätte ich es euch niemals vorgeschlagen, klar? Wenn ich nicht genau wüsste, dass ich das kann, würde ich es lassen.«

Tomrin machte große Augen und hob abwehrend die Hände. »Schon gut, schon gut. Tut mir leid. Ich wollte dich nicht beleidigen.«

»Das wollen die Weißbärte bei mir zu Hause auch nicht«, sagte Hanissa. »Und trotzdem machen sie's.

Weil sie mich wie ein kleines Kind behandeln und sowieso davon ausgehen, dass magische Dinge nichts für Frauen sind. Dabei …«

»Dabei was?«, fragte Sando, als sie verstummte.

Hanissa schüttelte den Kopf. Sie dachte an die missglückte Geisterbeschwörung, der sie in der Nacht heimlich zugeschaut hatte. »Dabei kann ich einiges schon viel besser als sie«, beendete sie den Satz leise und hoffte, dass es nicht zu arrogant klang.

Tomrin klopfte ihr freundschaftlich auf den Arm. »Dann steht das hiermit fest: Du bist die Zauberexpertin in unserer Bande.«

»Schon besser«, sagte Hanissa versöhnt.

Sando schnaufte belustigt. »Bande?« Es klang, als seien eine Köchinnentochter und ein Hauptmannssohn so ziemlich die Letzten, mit denen er sich vorgestellt hätte, je in einer Bande zu enden. »Wir drei?«

Tomrin schlug ihm lachend auf die Schulter. »Aber klar. Was dachtest du denn?«

»Großartig«, sagte Hanissa mit leichtem Spott in der Stimme und grinste. »Und die nigelnagelneue Bande geht jetzt für ihre Zauberexpertin einkaufen.« Dabei deutete sie auf den Zettel, den sie mitgebracht hatte. »Hier stehen die Zutaten, die ich für meinen Trank brauche. Ich habe dazugeschrieben, wo ihr sie bekommt. Sobald ihr alles habt, treffen wir uns wieder hier, in Ordnung?«

»Und was machst du?«, fragte Sando. Er spähte auf die Liste, die er mit wachsendem Unglauben vorzulesen begann. »Während wir unser sauer erspartes Geld für … ein Tütchen Feenblütenstaub, Einhorntränen und Weidenwurz ausgeben?«

»Ich bereite hier alles vor«, antwortete Hanissa. »Wenn wir uns die Arbeit teilen, geht es schneller – die Zeit läuft uns davon. Also: Ihr kauft ein, ich sorge für den Rest.«

Kurz darauf eilten Sando und Tomrin wieder durch Bondingors Straßen. Die Liste in der Hand, klapperten sie die Händler ab, die ihnen Hanissa genannt hatte. Dabei kamen sie in Geschäfte, die selbst Sando nie zuvor gesehen hatte. Sie besuchten muffig riechende Keller und staubige Dachbodenkammern, brodelnde Alchemistenküchen und Hinterhofbuden, die nicht größer als Sandos Zimmer über GUMPS BRANDUNG waren. Überall reihten sich Pulverdosen hinter hölzernen Tresen, getrocknete Kräuter hingen von niedrigen Decken, und Gläser voll eingelegter Kuriositäten zierten die Regale.

»Zauberbedarf«, murmelte Tomrin, als sie einen dieser eigenartigen Läden wieder verließen. »Ich hätte nie gedacht, dass ich mal Geld für Einhorntränen ausgeben würde.«

Sando nickte und sah nach der nächsten Zutat auf ihrem Zettel. »Oder für … *gestampfte Ratte*?« Ungläubig starrte er den Eintrag an. »Meint die das etwa ernst?«

Tomrin zuckte nur mit den Achseln. »Osrum schwört darauf. Er sagt, Jungdrachen mögen das.«

»Mag ja stimmen, aber …« Sando wirkte ein wenig fassungslos. »Getrocknete Weißdornblätter, Irrlichtkristalle – das klingt wenigstens nach Dingen, die gute Magie bewirken können. Aber Rattenbrei? Pfui!«

»*Du* musst den Zaubertrank ja nicht probieren«, sagte Tomrin. Ein Grinsen breitete sich auf seinem Gesicht aus. »Im Gegenteil, du lässt besser die Finger davon. Sonst ist dein *Onkel* nachher der Größere von euch beiden.«

»Blödmann.« Sando knuffte ihn in die Seite. Lachend setzten sie ihren Weg fort.

Auf halbem Weg zum Marktplatz sahen sie die Verwüstung aus nächster Nähe, die Fleck in der Nacht verursacht hatte: Die METZGEREI GLÜCKSSCHWEIN war ein einziges Schlachtfeld! Durch ein großes Loch in der Hauswand konnte man in den Laden sehen. Die Tür, die hinter der hölzernen Theke ins Lager führte, taugte nur noch als Brennholz. Man musste kein Hellseher sein, um zu ahnen: Der Nachtfresser hatte kaum ein Stück Frischfleisch übrig gelassen.

Vor dem Laden standen zwei Soldaten der Stadtgarde und überwachten ein paar Männer, die versuchten, das wenige Hab und Gut zu bergen, das noch heil war. Eine kleine Menge Schaulustiger beobachtete sie dabei. Auf einem Hocker neben dem Eingang saß ein dicker Bursche mit breiter Mütze und niedergeschlagener Miene. Das musste der Metzger sein.

»Lass uns schnell weitergehen, ja?«, bat Tomrin leise. Der Anblick der Zerstörung machte ihm ein schlechtes Gewissen. Sie wussten, wo sich der Nachtfresser verbarg, aber sie hielten es geheim. Natürlich taten sie das, um Fleck zu helfen. Aber dieser arme Kerl hatte es in der vergangenen Nacht ausbaden müssen.

»Mhm.« Sando nickte. Ihm schien es nicht anders zu gehen.

Sie wollten den Ort des Geschehens gerade verlassen, da erscholl lautes Hufgeklapper aus einer Seitenstraße. Ein prachtvolles Schlachtross bog um die Ecke und schritt auf das unglückliche GLÜCKSSCHWEIN zu. Selten hatte Tomrin ein schöneres Tier als diesen geschmückten und gerüsteten Braunen gesehen.

In seinem Sattel saß ein Mann, der nicht weniger nobel wirkte. Es war ein braun gebrannter Hüne. Schulterlanges blondes Haar fiel ihm wallend in den Nacken und glänzte im Licht der Morgensonne. Seine Kleidung war schwarz, und sie bestand fast nur aus

Leder, das mit silbernen Nieten besetzt war. An seiner Seite hing ein Schwert, das so riesig war, als könne man damit ein ganzes Rind mit einem einzigen Hieb durchschlagen. Der Mann lächelte ununterbrochen, sodass seine strahlend weißen Zähne zu sehen waren. Und anstatt die Zügel des Pferdes zu halten, hatte er die Arme vor der Brust verschränkt. *Macht Platz, hier komme ich,* schien seine ganze heldenhafte Gestalt zu rufen.

Direkt hinter ihm folgte ein zweiter Mann – auf einem deutlich schlichteren Pferd. Dieser war um einiges kleiner und weit weniger kräftig. Was ihm an heroischem Aussehen fehlte, ersetzte er durch einen finsteren Gesichtsausdruck und eine drahtige Figur. Sein kurzes dunkles Haar wirkte wie mit Fett oder Schmiere zurückgekämmt. Es klebte ihm am schmalen Schädel. Sein Gesicht wurde von kalten Augen und einer Hakennase bestimmt – und von der erschreckend großen Narbe, die ihm quer über die rechte Wange lief. Auch er trug nur schwarzes Leder.

Die Reiter sagten kein Wort, als sie an den staunenden Leuten vorbeiritten. Direkt vor den Resten des GLÜCKSSCHWEINS hielten sie an. Schwungvoll stieg der Hüne von seinem Pferd. Sein Gefährte tat es ihm gleich. Während der Drahtige begann, einige Gerätschaften aus seinen Satteltaschen zu holen, schnallte der Hüne nur eine längliche Holzkiste vom Rücken seines Tieres und stellte sie auf den Boden. Dann verschränkte er die Arme wieder und setzte sein Lächeln auf. Er schien auf etwas zu warten.

Etwas, das nicht geschah. Ungehalten grunzend holte er mit dem rechten Bein aus und trat gegen die Kiste.

Erst jetzt sah Tomrin, dass deren Vorderseite gar nicht aus Holz, sondern aus Gitterstäben bestand. *Das Ding ist ein Käfig*, erkannte der Junge. *Aber was ist da drin?*

Die Antwort bekam er prompt. Rings um die Gitter glühten plötzlich in den Holzrahmen eingravierte Runen auf – eindeutig eine Art von Magie. Ihr Schein fiel auf vier Kobolde, die im Innern der eigenartigen Kiste saßen. Nun sprangen sie auf. Sie stemmten die kleinen Hände in die Hüften und begannen, aus vollen Kehlen zu singen.

Klynt und Sardor, Sardor und Klynt –
Mintarias Größte, die kennt jedes Kind.
Wer tötet die Monster geschickt und geschwind?
Klynt und Sardor, Sardor und Klynt!

Mehrstimmiger Koboldgesang hallte von den Hauswänden wider. Die Runen schienen ihn magisch zu verstärken.

Der blonde Hüne genoss den Gesang sichtlich. Mit jeder Note, jeder Silbe war sein Lächeln gewachsen. Seine kornblumenblauen Augen blitzten verwegen.

Die Kobolde waren kaum verstummt, da schnippte er mit den Fingern, streckte den Arm aus und zeigte auf die Kiste. »Zweite Strophe, Jungs«, sagte er kernig. »Reißt sie vom Hocker.«

Der eigenartige Chor ließ sich nicht lange bitten:

Klynt und Sardor, Sardor und Klynt,
Was immer euch peinigt, sie stoppen's bestimmt.
Wer eilt sofort zu euch, schnell wie der Wind?
Klynt und …

»Sardor!« Die Stimme des Drahtigen, der offenbar Klynt war, schnitt durch den Gesang wie ein heißes Messer durch Butter. »Kommst du auch mal arbeiten?«

Sofort verstummten die Kobolde. Die Runen verblassten.

Sardor wirkte verärgert, überspielte dies aber schnell. Lächelnd drehte er sich einmal im Kreis, bis er allen Umstehenden in die verblüfften Gesichter geblickt hatte. Dabei zwinkerte er mit dem linken Auge, als teilten er und die immer größer werdende Menge ein Geheimnis.

Zu den Neugierigen zählten auch drei junge Mägde. Mit geröteten Wangen und großen Augen schmachteten sie Sardor an. Sie wirkten auf Tomrin, als würden sie vor Aufregung gleich ohnmächtig werden.

Als sie dem blonden Recken auffielen, lächelte er noch breiter. »Später, meine Hübschen«, schnurrte er. »Erst die Pflicht, dann das Vergnügen. Mein Begleiter und ich schlafen im Gasthaus HELDENRUH, Zweigöttergasse. Ich habe übrigens Zimmer drei.«

»Du hast gleich meine Faust im Gesicht, wenn du nicht endlich rüberkommst«, knurrte Klynt. Er hatte sich längst dem zerstörten Gebäude zugewandt. Im Augenblick hockte er vor dem gewaltigen Loch, das der Nachtfresser in die Vorderseite des Hauses geschlagen hatte. In seiner Hand hielt er die winzigste Zange, die Tomrin je gesehen hatte. Mit ihr zupfte er irgendetwas von einer Scherbe.

»Schuppen«, murmelte Sardor. Er ging neben Klynt in die Knie und betrachtete den Fund. »Sehr interessant. Unser Monster muss …«

Den Rest konnte Tomrin nicht hören, weil Sando ihn plötzlich mit dem Ellbogen anstieß. »Du, das müssen die Burschen sein, die Stadtmarschall Feylor von Garsting holen wollte«, flüsterte der Hafenjunge.

Tomrin nickte, ohne den Blick von den Schwarzgekleideten zu nehmen. Er wusste genau, mit wem es

Bondingor hier zu tun bekommen hatte. Das waren keine einfachen Feld-, Wald- und Wiesenhelden. Das da waren … »Monsterjäger!«

Das letzte Wort hatte er nur geflüstert. Dennoch hatte Sando es gehört, denn er nickte düster.

Tomrin verzog das Gesicht. »Lass uns weitergehen. Wenn die beiden nur halb so gut sind, wie ich befürchte, bleibt uns nicht mehr viel Zeit, um Fleck vor ihnen zu finden.«

Kurze Zeit später erreichten sie den Marktplatz im Stadtzentrum, die vorletzte Station ihres Weges. Danach mussten sie nur noch zu Osrum, um Rattenbrei zu holen. Diese Monsterjäger waren nicht zu unterschätzen. Die beiden Jungen setzten alles daran, ihre restlichen Einkäufe so schnell wie möglich zu erledigen. Wenn Sardor und Klynt Fleck vor ihnen aufspürten, war er erledigt.

Und Osrum bestimmt auch, dachte Sando besorgt. *Es bricht dem Alten sicher das Herz, wenn diese Lederkerle seinen kleinen Drachen töten. Und falls herauskommt, dass der Nachtfresser ein Drache aus seiner Züchtung ist, erwartet ihn außerdem noch eine Menge Ärger.*

Ungeduldig blieben die Jungen am erstbesten Stand stehen, der die letzte Zutat anbot, die ihnen noch fehlte. »Ist zwar nicht der Stand, den uns Nissa aufgeschrieben hat, aber das macht doch keinen Unterschied«, sagte Sando und sah auf den Einkaufszettel. »Sternrosenessenz ist Sternrosenessenz – egal, wer sie verkauft.«

»Außerdem ist sie hier billiger«, stimmte ihm Tomrin zu und bat den Händler um die Ware.

Der Mann trug eine blaue Robe mit allerlei fremdartigen Symbolen. Auf seinem Verkaufstisch lagen Amulette, Talismane und Glücksbringer aller Art: von Hasenpfoten an dünnen Lederbändern bis zu tellergroßen Bronzescheiben, in die verschlungene Runen geätzt waren. Und er erfüllte ihren Wunsch sofort. Mit großer Geste und allerhand Gerede zog er ein Fläschchen unter seinem Stand hervor, das er Tomrin reichte.

»Und das wirkt?«, fragte Sando. Das Getue des Kerls ging ihm ein wenig auf die Nerven.

»So wahr ich Magister Scharivarus Latanubis heiße«, antwortete dieser und hob eingeschnappt die Brauen. Er klang ein wenig beleidigt. »Und wenn ich an Eurer Stelle wäre, junge Herren, würde ich noch dieses magische Amulett kaufen.« Dabei zeigte er auf eine handtellergroße, ovale Scheibe aus Kupfer, an deren Rand glitzernde Steine funkelten. In der Mitte war die schwarze Silhouette eines drachenartigen Ungeheuers zu sehen. Ein Schimmern ging von dem Amulett aus, als läge ein Zauber auf ihm. »Es schützt Euch«, raunte er. »Vor dem Nachtfresser! Heute Morgen habe ich schon über zwei Dutzend Stück verkauft.«

»Danke.« Tomrin winkte ab. »Vielleicht ein andermal. Momentan haben wir's eilig.«

»Eilig zu sterben?«, rief Magister Latanubis ihnen nach, doch die Jungen rannten unbeirrt über den Platz und in Richtung Drachengasse.

Kapitel 11
Ärger im Ostend

Als Tomrin und Sando in die Drachengasse 13 zurückkehrten, wurden sie von Hanissa bereits sehnsüchtig erwartet. »Ich hoffe, ihr habt alles gefunden«, begrüßte sie die beiden Jungen, als sie durch das Fenster ins Innere des unsichtbaren Hauses kletterten.

»Na klar«, sagte Sando. Er stellte den kleinen Eimer mit Rattenbrei ab, den sie zuletzt bei Osrum in der Drachenschule abgeholt hatten. Dann leerten er und Tomrin ihre Taschen. »Weidenwurz, Feenblütenstaub, Einhorntränen – alles, was du wolltest.«

»Fein«, sagte Hanissa, während sie die Zutaten für ihren Trank auf dem Tisch sortierte. Auf einmal runzelte sie die Stirn. »Sagt mal, die Sternrosenessenz habt ihr aber nicht bei Ogmogs Zauberhütte gekauft, oder? Es fehlt sein Siegel.« Sie hielt das Fläschchen hoch, das Tomrin und Sando zuletzt auf dem Markt erworben hatten.

Sando hüstelte. »Wir waren etwas in Eile, und am Eingang des Marktes gab es einen anderen Händler, der das Zeug auch angeboten hat.«

»In Eile?«, echote Hanissa. Sie stemmte die Hände in die Hüften. »Tomrin und Sando, ich habe euch extra OGMOGS ZAUBERHÜTTE aufgeschrieben, weil Ogmog die beste Sternrosenessenz in ganz Bondingor verkauft. Magie ist eine Wissenschaft, die Genauigkeit erfordert. Sonst kann ein Zauber furchtbar schiefgehen!«

»He, es sind zwei Monsterjäger in der Stadt aufgetaucht«, verteidigte sich Sando. »Und die Kerle sehen aus, als ob mit ihnen nicht zu spaßen wäre.«

»Sando hat recht«, mischte sich nun auch Tomrin ein.

»Uns läuft die Zeit davon. Wir müssen Fleck heilen, bevor die ihn finden. Sonst hängt sein Kopf demnächst als Trophäe an der Wand von Feylor von Garstings Audienzkammer.«

Hanissa verzog unwillig das Gesicht. »Eine genaue Wissenschaft …«, murmelte sie, als sie das Fläschchen entkorkte und sich mit einer Hand den austretenden Dunst zufächelte. »Riecht ein bisschen schal …«

»Nissa, hast du uns nicht zugehört?«, rief Sando aus. »Dort draußen sind zwei Monsterjäger. Und einer von ihnen trägt ein Riesenschwert bei sich. Die machen keine Gefangenen! Brau endlich diesen Trank, damit wir Fleck retten können.«

»Ist ja schon gut.« Missmutig schob Hanissa eine widerspenstige Haarlocke hinter ihr Ohr. »Es wird schon gehen«, fügte sie leise hinzu, als wollte sie sich selbst Mut machen.

Dann begann sie, die Zutaten für den Gegenzaubertrank vorzubereiten. Schon bald stank es im Raum furchtbar nach gekochtem Weidenwurz.

»Ich warte lieber draußen«, sagte Sando.

Tomrin nickte schnell. »Ich komme mit.«

»Ja, geht nur«, sagte Hanissa, die geschäftig um den großen Tisch mit ihren Zauberutensilien herumlief. »Draußen steht ihr mir nicht im Weg.«

Die beiden Jungen kletterten ins Freie und begannen, den Hinterhof ein bisschen genauer in Augenschein zu nehmen. Sando stieg auf das Fuhrwerk mit den drei Rädern. »Das gibt's ja nicht!«, rief er unvermittelt. »Diese Kutsche hier war mal in den Zwergenlanden.«

»Woher weißt du das?«, wollte Tomrin wissen.

»Sieh her: Hier neben dem Kutschbock befinden sich einige Zwergenrunen, die Schutz auf Reisen bringen sollen.« Er deutete auf einige kleine, kantige Zeichen auf dem alten Holz.

»Das könnte alles bedeuten«, meinte Tomrin.

»Eben«, sagte Sando. »Zum Beispiel, dass diese Kutsche mal in den Zwergenlanden war.«

»Hm.« Tomrin ließ den Blick über die Mauern des Hofs schweifen, bis er an dem Wasserspeier hängenblieb, der zur Linken des unsichtbaren Hauses hockte. »Das ist das hässlichste Ding, das ich je gesehen habe«, sagte er.

»Stimmt«, pflichtete ihm Sando bei. Er grinste, hob einen Stein vom Boden auf und warf ihn in Richtung des krötenartigen Steingeschöpfs über ihnen. Der Stein prallte jedoch unterhalb des Wasserspeiers von der Mauer ab. Tomrin nahm ebenfalls einen Stein und warf ihn. Er traf den Wasserspeier an den breiten Füßen. »Ha«, sagte er und grinste Sando triumphierend an.

»Das kann ich auch. Ich hatte mir nur keine Mühe gegeben.« Sando schnappte sich einen weiteren Stein, zielte und traf den Wasserspeier genau an der Nase. Begeistert klatschte er in die Hände. »Was sagst du nun?«

»*Ich* sage: Ihr spinnt wohl!«, krächzte auf einmal eine Stimme über ihren Köpfen.

Tomrin und Sando erstarrten und blickten sich erschrocken an.

»Ja, ich meine euch, ihr missratenen Gören«, zeterte die Stimme weiter. Sie klang eigenartig tonlos und mahlend, als würde jemand zwei Wackersteine gegeneinanderreiben.

Langsam hoben die Jungen den Kopf. Tomrin ächzte leise. Der Wasserspeier! Er hatte auf einmal die Augen geöffnet, die nun in einem bläulichen Licht glühten. Sein froschähnlicher Oberkörper bewegte sich leicht hin und her, während er weitersprach. »Schmeißt einfach so Steine auf einen armen, alten Wasserspeier. Hat euch denn niemand Anstand beigebracht?«

Sando räusperte sich. »Ähm, Tomrin?«

»Mhm?«

»Wie viel von dem magischen Dunst in Nissas Hexenküche haben wir eingeatmet?«

»Ich weiß nicht. Aber zu viel, glaube ich. Ich sehe einen sprechenden Wasserspeier.«

»Ja, ich auch.«

»Magischer Dunst?«, regte sich das Steinwesen auf. »Was plappert ihr da für einen Unsinn? Ich *kann* sprechen. Und ob ihr es glaubt oder nicht: Ich habe sogar einen Namen.«

»Und wie heißt Ihr?«, fragte Tomrin betont höflich.

»Glukk«, sagte der Wasserspeier. »Aber spart euch die Förmlichkeiten. Ich bin nur ein alter Knabe, dem die Schwalben Geschichten erzählen und der manchmal zu viel Wasser im Mund hat.«

»Na schön … Glukk.« Tomrin kratzte sich am Kopf. »Also, es tut uns leid, dass wir dich mit Steinen beworfen haben. Wir konnten ja nicht ahnen, dass du … nun ja … lebendig bist.«

Glukk verdrehte die Augen. »Ach, diese Unwissenheit. Nur weil etwas aus Stein ist, heißt das nicht, dass es nicht genauso lebendig sein kann wie ihr.«

»He, du bist der erste lebende Wasserspeier, der mir begegnet ist«, verteidigte sich Tomrin.

»Und du bist der erste kleine Mensch mit gelben Haaren, der mir begegnet ist«, erwiderte Glukk patzig.

In diesem Augenblick tauchte Hanissa im Fenster auf. In der Hand hielt sie ein verkorktes Fläschchen mit einer glitzernd weißen Flüssigkeit. »Was ist denn hier los?«, fragte sie verwundert.

»Nissa, das ist Glukk«, sagte Sando. »Unser Nachbar.«

»Oh«, sagte das Mädchen. »Guten Tag. Ich wusste gar nicht, dass Ihr lebt.«

»Da bist du nicht die Einzige.« Glukk seufzte. »Aber nun, da wir das geklärt haben, würde ich sehr gern weiterschlafen. Wer weiß, wie lange das Wetter noch so trocken bleibt! Wenn es erst mal regnet, habe ich viel zu tun, das könnt ihr mir glauben.« Er schielte zum Himmel, an dem ein paar vereinzelte Wolken vorüberzogen.

»Schön, wir können auch aufbrechen«, sagte Hanissa zu den Jungen. »Ich bin fertig.«

Sando nickte. »Dann wollen wir keine Zeit verlieren!«

»Bis dann, Glukk«, verabschiedete sich Tomrin. »War nett, dich kennenzulernen.«

»Ja, tja, euch auch«, murmelte der Wasserspeier in seinen steinernen Bart hinein, bevor er die Augen wieder schloss.

Der Nachmittag war bereits fortgeschritten, als sich die drei Freunde erneut der Schenkenruine im Ostend des Vielvölkerviertels näherten, in der sie Fleck das letzte Mal angetroffen hatten.

»Hoffen wir, dass er noch da ist und nicht jeden Tag woanders schläft«, sagte Hanissa leise, als sie im Schatten des Hauses in Deckung gingen.

»Warum sollte er nach einem neuen Versteck suchen, solange ihn in seinem alten niemand stört?«, wandte Tomrin ein.

»Wir haben ihn gestört«, gab Sando zu bedenken.

»Hm, richtig«, gab Tomrin zu. »Aber vielleicht hat er uns nicht als Gefahr angesehen.«

Sando lachte belustigt auf. »Das wäre ja auch noch schöner. Wer ist hier der gefräßige Drache?«

»Osrum meinte, Fleck sei nicht gefährlich«, erinnerte sie Hanissa.

»Solange Fleck als Nachtfresser das auch weiß, ist es ja gut.« Der Straßenjunge warf ihnen einen schiefen Blick zu.

»Wir werden es herausfinden«, sagte Tomrin und richtete sich auf. »Kommt.« Dann fiel ihm noch etwas ein, und er streckte die Hand aus. »Den Gegenzaubertrank, Nissa. Gib ihn mir.«

»Nein«, widersprach sie und legte ihre Hand auf ihren Beutel. »Ich habe ihn gebraut, ich gebe ihn Fleck.«

Tomrin blickte sie streng an. »Aber vielleicht ist er doch gefährlich. Ich lasse nicht zu, dass er dir etwas antut.«

»Seit wann bist du der große Drachenkenner?«, fragte sie.

»Ich habe Osrum schon ein paar Mal zugeschaut«, verteidigte er sich.

»Und ich kenne mich mit Magie aus.«

Sando verdrehte die Augen. »Gebt mir den Trank«, sagte er. Als Tomrin und Hanissa ihn verwirrt anstarrten, zuckte er mit den Schultern. »Ich habe zwar keine Ahnung, worauf ich mich einlasse, aber ich kann schnell weglaufen, falls etwas schiefgeht. Schneller als ihr beide. Und ich glaube, das ist das Wichtigste.«

Tomrin dachte darüber nach. Widerwillig musste er Sando recht geben. Wenn Fleck sie angriff, halfen weder sein Kurzschwert noch Hanissas Magie. Dann half nur, die Beine in die Hand zu nehmen. Er schaute Hanissa auffordernd an.

Widerstrebend kramte das Mädchen das Fläschchen hervor und reichte es Sando. Der steckte es in den Gürtel. Vorsichtig begaben sie sich ins Innere des Hauses. Alles wirkte noch so, wie sie es verlassen hatten. Tomrin hob den Kopf und lauschte. Drang da ein dumpfes Schnaufen aus dem ersten Stock? Fragend sah er zu Hanissa und Sando, die beide nickten. Fleck – der Nachtfresser – war noch immer hier!

Tomrin sah, wie Sando die Fäuste ballte und die Lippen zusammenpresste. Die ganze Angelegenheit war ihm sichtlich nicht geheuer. Aber er war zu stolz, um seine Furcht offen zuzugeben. Tomrin konnte das gut verstehen.

Langsam durchquerten sie den Schankraum und schlichen die Treppe hinauf. Oben angekommen, lugten sie über den Rand der Treppe in das zertrümmerte erste Stockwerk. Der Fleischberg, der am Vortag in der Mitte des Raumes gelegen hatte, war bis auf ein paar Knochenreste verschwunden. Auch von Fleck fand sich auf den ersten Blick keine Spur. Das gleichmäßige Schnaufen war allerdings deutlich zu hören.

»Wo ist er?«, fragte Hanissa leise.

»Er versteckt sich irgendwo zwischen dem ganzen Unrat«, vermutete Tomrin. In der hinteren Hälfte des

Raumes türmten sich heruntergefallene Dachbalken, Mauerwerk und kaputte Möbel.

Das Mädchen lauschte. »Es klingt so, als würde er schlafen.«

»Das werden wir gleich wissen«, sagte Sando. Er wirkte etwas blass um die Nase. Dann jedoch gab er sich einen Ruck, stand langsam auf und hob das Fläschchen. Tomrin sah, wie sein Freund die Stirn runzelte. »Sagt mal, wie soll ich Fleck das Zeug eigentlich einflößen? Er wird doch niemals still halten, bis ich ihm den Trank in den Rachen geschüttet habe.«

»Entkorke einfach das Fläschchen und wirf es ihm ins Maul«, sagte Tomrin.

»Spinnst du?«, entfuhr es Hanissa. »Das ist doch Glas! Fleck wird sich verletzen.«

Tomrin warf ihr einen wissenden Blick zu. »Glaub mir, wenn ich eins über Drachen gelernt habe, dann dass sie so gut wie alles verdauen können. Die Flugdrachen der Stadtgarde fressen sogar ihre Sättel mit allen Metallbeschlägen, wenn keiner aufpasst. Ein kleines Fläschchen wird Fleck nicht umbringen.«

»Na schön, dann bringen wir das mal hinter uns«, sagte Sando.

Auf leisen Sohlen trat er durch den leeren Türrahmen in das Zimmer, schaute sich um – und blieb wie erstarrt stehen!

»Was ist los?«, fragte Hanissa.

Sando schielte zu ihnen hinüber, ohne auch nur einen Finger zu rühren. Er nuschelte etwas Unverständliches.

»Was?«, fragte Tomrin.

»Er steht direkt hinter der Tür«, wiederholte Sando mit zitternder Stimme. »Und er ist groß!« Er wirkte überhaupt nicht glücklich angesichts dieser Entdeckung.

Tomrin spürte, wie sein Mund trocken wurde. Sein Herz klopfte bereits wie verrückt, und nun drohte es ihm beinahe aus der Brust zu springen. Ja, Osrum hatte gesagt, Fleck sei im Herzen nur ein armer, kleiner Drache. Ja, Fleck hatte bei ihrer letzten Begegnung scheinbar genauso viel Angst vor ihnen gehabt wie sie vor ihm. Doch all diese Versicherungen schafften es nicht, den Jungen jetzt zu beruhigen.

Hanissa stand ebenfalls auf. Vorsichtig schob sie ihren Kopf um die Ecke des Türrahmens. Tomrin, der nicht zurückstecken wollte, tat es ihr gleich.

Und da war er: Fleck, nein, der Nachtfresser! Wie Sando es gesagt hatte, saß er an der Wand direkt hinter der Tür, als habe er dort auf sie gewartet. Sein schmutzig grüngraues Schuppenkleid glänzte matt. Seine langen Klauen öffneten und schlossen sich unruhig. Sein großer Kopf mit dem grauenerregenden

Maul pendelte leicht von links nach rechts. Und sein Atem stank nach rohem, blutigem Fleisch.

Tomrins Knie wurden weich. Unauffällig hielt er sich am Türrahmen fest. Erst jetzt fiel ihm ein, dass das Kurzschwert, das ihm sein Vater geschenkt hatte, noch immer in seiner Scheide steckte. Wenn er es jetzt zog, hielt der Drache das sicher für eine bedrohliche Geste und griff an. Aber ließ er es in der Scheide, hatten sie nichts, um sich zu verteidigen, falls Fleck trotzdem angriff.

Aber das tat er nicht. Er schaute den dreien nur aus aufgerissenen Augen entgegen. Seine Brust hob und senkte sich, während aus seinen Nüstern das Schnaufen drang, das sie schon vorher gehört hatten. Die Spitzen seiner zusammengefalteten Schwingen zitterten leicht.

»Fleck«, sagte Hanissa leise. »Fleck, du brauchst keine Angst zu haben.«

Warum sagt sie das ihm und nicht mir?, dachte Tomrin. Aber natürlich wusste er es. Es war überdeutlich: Der kleine Drache mochte zwar in der Gestalt eines Ungeheuers vor ihnen kauern, aber er war, genau wie Tomrin, Hanissa und Sando, starr vor Furcht.

»Sando, gib mir den Trank«, hauchte Hanissa und streckte die linke Hand hinter ihrem Rücken aus, während sie langsam auf Fleck zutrat. Die Rechte hielt sie erhoben, als wollte sie ein schreckhaftes Pony beruhigen.

Sando kam der Aufforderung stumm nach.

Hanissa entkorkte das Fläschchen und hielt es in die Höhe. »Schau mal, Fleck«, sagte sie mit beschwörender Stimme. »Wir haben hier etwas Feines für dich. Das wird dich gesund machen.«

Der Drache musterte das rothaarige Mädchen von oben bis unten und schnüffelte hörbar. Ein Grollen drang aus seiner Kehle. Dann senkte er langsam den mächtigen Schädel.

Pass auf, dass er dir nicht die Hand abbeißt, wollte Tomrin Hanissa warnen, aber er hielt den Mund. Jedes falsche Wort konnte Fleck aufschrecken.

»So ist es gut«, sagte Hanissa. »Komm nur. Schau her. Das musst du trinken. Dann wirst du wieder wie früher. Das verspreche ich dir.« Sie hielt dem Ungeheuer die glitzernd weiße Flüssigkeit hin.

Fleck legte den Kopf schief. Seine große, hässliche Nase zuckte, als er neugierig schnupperte.

Plötzlich krachte es unter ihnen laut. Es klang, als habe jemand die ohnehin nur angelehnte Tür des Schankraums eingetreten.

Tomrins Kopf ruckte herum. Auch Sando, Hanissa und Fleck zuckten zusammen.

»Liebling, Sardor ist zu Hause!«, brüllte eine Stimme mit der Begeisterung eines Wahnsinnigen. »Und jetzt kommt er, um dich zu holen!«

Schnelle Schritte wurden laut.

»Die Monsterjäger!«, rief Tomrin erschrocken.

»Nein, nicht jetzt, nicht jetzt«, flehte Hanissa. Verzweifelt hob sie die Arme.

Doch der Moment der Vertrautheit zwischen ihr und Fleck war vorbei. Der Drache schreckte zurück und sprang auf die Öffnung im Dach zu. Mit einem Schlag breitete er seine Schwingen aus.

»Bleib hier!«, schrie Hanissa.

»Ja, bleib hier, Bestie!«, rief Sardor fröhlich in ihrem Rücken.

Tomrin drehte sich zur Treppe um und sah den muskulösen, schwarz gepanzerten Monsterjäger dort auftauchen. In der rechten Hand trug Sardor sein unglaublich großes Schwert, und auf seiner Miene lag wilde Entschlossenheit. »Zur Seite, Kinder«, befahl er, als er ihnen entgegenstürmte.

»Nein!«, schrie Sando. Wütend warf er sich Sardor in den Weg. Der wischte ihn mit einer Armbewegung einfach beiseite.

Fleck reckte den Kopf in die Luft und stieß ein ohrenbetäubendes Brüllen aus. Dann machte er einen kraftvollen Sprung und schwang sich in die Höhe.

»Halte ihn auf, Tomrin!«, rief Hanissa, die auf einmal ihren Geldbeutel vom Gürtel nahm.

Tomrin verstand sofort, was sie vorhatte. Es lag noch immer der magische Findespruch auf dem Geldbeutel.

Wenn Hanissa ihn so warf, dass er an Flecks Panzer hängen blieb, würden sie ihn wiederfinden können!

Er wartete, bis der Monsterjäger direkt auf seiner Höhe war. Dann nahm er all seine Kraft zusammen und rammte ihm den Ellbogen in die Seite. Sardor gab ein ersticktes »Uff« von sich und taumelte einen Schritt zur Seite.

Doch schon im nächsten Moment hatte er sich wieder gefangen und fuhr zu Tomrin herum. »Pass doch auf, du Tölpel«, schrie er ihn an.

Tomrin grinste verlegen.

Die Ablenkung hatte nur einen Moment gedauert, doch es reichte. Mit einem schnellen Wurf schleuderte Hanissa Fleck ihren Geldbeutel hinterher. Tatsächlich verfing er sich in den Rückendornen des Drachen.

Überrascht scherte Fleck zur Seite aus und flatterte zweimal hektisch. Das rettete ihm das Leben. Denn auf einmal zischte genau an der Stelle, wo Fleck das Dach verlassen hatte, ein armdicker Speer vorbei! Gleich darauf fluchte jemand lautstark.

Eine Speerschleuder!, durchfuhr es Tomrin. Die Monsterjäger hatten draußen eine Speerschleuder aufgebaut. Also hatte Sardor Fleck absichtlich aufgescheucht. Er hatte ihn in die Falle treiben wollen. *Das war wohl nichts*, dachte Tomrin zufrieden. Es dauerte viel zu lange, eine Speerschleuder nachzuladen, um damit einen zweiten Schuss abzugeben. Die Jäger hatten ihre Chance gehabt – und sie vergeben.

»Kommt!«, rief Hanissa. »Verschwinden wir von hier.« Bevor Sardor wusste, wie ihm geschah, war sie an ihm vorbeigehuscht und stürmte die Treppe hinunter.

Sando und Tomrin rannten ihr nach.

»Ihr dummen Gören!«, brüllte ihnen Sardor hinterher. »Wegen euch ist das Ungeheuer entkommen! Konntet ihr nicht woanders spielen?«

»Wenn der wüsste …«, sagte Sando mit einem Grinsen. Zu dritt flohen sie zur Hintertür hinaus, um dem sicher ebenso wütenden Klynt nicht über den Weg zu laufen. Sie rannten die Straße hinab und dann um eine Hausecke und um noch eine. Als sie sicher waren, dass die Monsterjäger ihnen nicht folgten, hielten sie an.

»So ein Mist!«, schimpfte Hanissa und stampfte mit einem Fuß auf dem Boden auf. »Wir hatten es beinahe geschafft. Diese elenden Kerle. Hätten sie nicht ein bisschen später auftauchen können?«

»Beruhige dich, Nissa«, sagte Tomrin. »Das mit dem Geldbeutel hat doch geklappt.«

»Geldbeutel?«, fragte Sando.

»Nissa hat einen verzauberten Geldbeutel«, erklärte Tomrin. »Wenn man ihn verloren hat, muss man nur einen Spruch aufsagen, und schon wird ein goldenes Band sichtbar, dem man folgen kann.«

»Genau«, sagte Hanissa. Sie bewegte die Finger der rechten Hand, als spiele sie auf einer unsichtbaren Harfe, und sagte ein paar fremdartig klingende Worte. Sofort bildete sich an ihrer Hüfte, wo der Geldbeutel gehangen hatte, ein golden glitzerndes Band aus Licht. Es führte von Hanissa fort und die Straße hinab.

»Na, das nenne ich mal praktisch.« Sando grinste.

»Schnell, lasst uns sehen, wohin er geflogen ist.«

Mit neuer Hoffnung eilten sie los, immer dem goldenen Band nach, das sie durch das Ruinenlabyrinth im Ostend führte. Sie waren vielleicht eine Viertelstunde gelaufen, als sie das Band zur leeren Türöffnung eines halb eingestürzten Hauses brachte. Freudig rannten Tomrin, Hanissa und Sando hindurch. Sie hofften, Fleck hier irgendwo zu finden.

Doch sie wurden bitter enttäuscht.

»Der Geldbeutel«, rief Hanissa bestürzt, als sie ihre braune Börse auf einem Geröllhaufen hinter der Mauer liegen sah. Sie lief hinüber und hob sie hoch.

»Fleck muss ihn im Flug abgestreift haben«, murmelte Tomrin. Er sah hinauf zu dem schwarz verkohlten Gerippe aus Dachbalken über ihren Köpfen.

Sando stieß einen Zwergenfluch aus und trat einen Stein beiseite.

Unwillkürlich musste Tomrin an Sardor und Klynt denken. Genau wie die beiden Monsterjäger hatten auch sie ihre Chance gehabt, den Nachtfresser zu besiegen – und sie vergeben. »Lasst uns zurückgehen«, sagte er niedergeschlagen.

KAPITEL 12
Angriff im Morgengrauen

Ich habe eine Idee, aber sie gefällt mir absolut nicht.« Tomrin seufzte und sah Hanissa und Sando an. Es war Abend geworden, und abermals saßen sie in der Drachengasse 13.

»Lass hören«, sagte Hanissa. »Wir können jede Idee gebrauchen, egal, ob gut oder nicht ganz so gut. Feylor von Garstings Monsterjäger sind vielleicht ein wenig irre, aber sie verstehen ihr Handwerk.«

»Ich kann die Burschen nicht ausstehen«, murmelte Sando. Er sah traurig aus.

Tomrin atmete tief durch. »Wir können Fleck noch immer finden *und* Sardor und Klynt zuvorkommen. Aber dafür brauchen wir die Hilfe der Stadtgarde … und meines Vaters.«

»Der Garde?« Sando machte ein Gesicht, als sei ihm dabei gar nicht wohl zumute.

Tomrin nickte. »Ich sagte doch, mir gefällt es auch nicht.«

Und das war noch untertrieben. Beim Gedanken daran, Ronan von Wiesenstein die ganze Geschichte zu beichten, wurde Tomrin ganz anders zumute. Hatte er nicht versprochen, sich aus allem rauszuhalten? Hatte sein Vater ihm nicht ausdrücklich verboten, den Nachtfresser zu verfolgen?

Ronan würde ziemlich wütend sein. Tomrin, Sando und Hanissa hatten zwar nur helfen wollen, aber das änderte nichts daran, dass Ronans Anweisungen andere gewesen waren. Sein Vater würde ihm gehörig den Kopf waschen, wenn er die Wahrheit erfuhr.

Trotzdem muss ich sie ihm sagen, dachte der Junge. *Es ist Flecks letzte Chance.*

»Was hast du denn nun für eine Idee?« Hanissa sah ihn ungeduldig an.

»Ich glaube, ich weiß, wie wir Fleck retten und den Ruf der Stadtgarde wiederherstellen können«, sagte Tomrin leise und erklärte ihnen endlich, was er vorhatte.

Ritter Ronan Bärenherz von Wiesenstein sah auf seinen Sohn hinab. Er wirkte, als wisse er nicht, ob er staunen oder schimpfen sollte.

»Eigentlich ist die Sache ganz einfach«, fuhr Sando fort. Er war gemeinsam mit Tomrin und Hanissa zum

Haus der von Wiesensteins gegangen. Nun standen die drei vor Ritter Ronan wie Verbrecher vor dem Richter. Da Tomrin kaum ein Wort herausbrachte, übernahm Sando einen Großteil des Sprechens. »Euer Sohn hat uns alles erklärt, Herr: Um Fleck zu finden, bevor Sardor und Klynt es tun, müssen wir ihn aus seinem Versteck locken. Er muss zu uns kommen, wenn wir schon nicht zu ihm können.«

»Fleck«, wiederholte der Ritter langsam. Es schien ihm schwerzufallen, hinter dem Nachtfresser den kleinen verängstigten Flugdrachen zu erkennen. »Osrums Krüppeltier. Damit hat all das also angefangen?« Ungläubig schüttelte er den Kopf. Er lachte leise, aber es klang alles andere als fröhlich. »Wisst ihr, dass ich ihm aufgetragen habe, es zu töten? So will es nämlich das Gesetz. Osrum hat gegen das Gesetz Bondingors verstoßen!«

»Weil er glaubte, Fleck heilen zu können«, warf Hanissa kleinlaut ein.

»Mhm«, machte Ritter Ronan und strich sich nachdenklich über den kurzen Bart. »Das war verdammt leichtsinnig von ihm. Seht, was dieser verwandelte Drache schon alles angerichtet hat. Und von euch war es verdammt leichtsinnig, ihm nachzuspüren. Ihr habt doch mitbekommen, wie gefräßig er ist. Was, wenn er euch verletzt oder gar getötet hätte? Ich bin enttäuscht von dir, Tomrin. Du hast mir ein Versprechen gegeben und es gebrochen.« Er warf seinem Sohn einen strengen Blick zu.

Ronan war ein großer, starker Mann, einer der rechtschaffenen Sorte. In Sandos Vorstellung behielt er sogar noch im Bett die silbern glänzende Rüstung an. Normalerweise gab der Junge aus dem Hafenviertel nicht allzu viel auf derartige Männer und ihr Getue. Nun aber, da er dem Ritter direkt gegenüberstand, war er doch eingeschüchtert.

Tomrin schien es genauso zu gehen, denn er schluckte hörbar. »Es tut mir leid, Vater. Ich wollte nicht respektlos erscheinen. Ich dachte nur, ich könnte …«

»Was dachtest du?«, unterbrach ihn Ronan schimpfend. »Dass du wie ein Krieger aus den alten Geschichten einen Drachen besiegen kannst? Du bist zwölf, Tomrin von Wiesenstein! Du bist noch kein Krieger! Ich glaubte, deine Mutter und ich hätten dir Vernunft und Gehorsam beigebracht. Das war wohl ein Irrtum.«

Nun riss Sando der Geduldsfaden. Tomrins Vater mochte ein wichtiger Mann sein, aber genug war genug. »Verzeiht, Herr, aber das ist nicht gerecht. Ich verstehe Euren Zorn. Aber Ihr vergesst, dass Euch Tomrins Vorschlag von Nutzen sein könnte.«

Ronan runzelte die Stirn. »Er soll mir nutzen?«

»Genau.« Sando nickte. »Wenn wir Fleck aus seinem Unterschlupf gelockt haben, kann *Eure* Stadtgarde ihn überwältigen. *Ihr* werdet triumphieren, während Stadtmarschall von Garstings Söldner versagen. *Ihr* fasst das Monstrum von Bondingor, und Ihr …«

Ronan hob abwehrend die Hand. »Halt ein, Junge. Du hast gesagt, dies sei Tomrins Vorschlag. Nun, der Tomrin, den *ich* kenne, ist Mann genug, für sich selbst zu sprechen.« Dabei warf er seinem Sohn einen auffordernden Blick zu.

Tomrin riss sich sichtlich zusammen. »Wie wir herausgefunden haben«, begann er zögernd, »schlägt der Nachtfresser immer dort zu, wo er Futter findet. In Lagerhallen, in Fleischereien … Er ist nicht absichtlich auf Zerstörung aus und will niemandem schaden. Er hat einfach einen unglaublichen Heißhunger.« Mit jedem Wort, das über seine Lippen kam, gewann Tomrin an Sicherheit. Seine Stimme wurde lauter, sein Blick fester. »Wir wissen außerdem, dass er stets am Ende der Nacht kommt. Wenn wir ihn locken wollen, müssen wir ihm also in den frühen Morgenstunden etwas zu essen bieten. Wir errichten einen Berg aus Fleisch, irgendwo auf freiem Gelände – am besten unweit des Ostends, denn dort hielt er sich bisher verborgen. Dann verstecken wir uns in der Nähe und warten ab. Kurz vor Sonnenaufgang kommt er bestimmt angeflogen. In dem Augenblick schlägt die Stadtgarde zu. Sie wirft ein riesiges Netz über ihn, damit er nicht fliehen kann. Und wenn er erst einmal wehrlos am Boden liegt, geben wir ihm den Gegenzaubertrank, den Hanissa gebrau… gefunden hat.«

Sando hielt den Atem an. Beinahe hätte Tomrin Hanissa verraten. Dass sie zauberte, musste unbedingt ihr Geheimnis bleiben.

Ronan runzelte die Stirn und sah kurz zu Hanissa, aber er sagte nichts. Nachdenklich blickte er auf die drei Freunde herunter. Er wirkte noch nicht ganz überzeugt, schien den Plan allerdings zumindest zu erwägen.

Hanissa räusperte sich vorsichtig. »Wirkt der Trank, wird sich Fleck wieder in den Jungdrachen verwandeln, der er eigentlich ist. Und er wird nie wieder zum Monster werden. Dann ist der Spuk vorbei. Der Nachtfresser wird Geschichte sein, und niemand muss Fleck töten.«

Ritter Ronan konnte sich ein Lächeln nicht verkneifen.

»Eine Köchinnentochter und ein Hafenbursche«, murmelte Tomrins Vater, während seine Augen belustigt aufblitzten. »Ich muss schon sagen, mein Sohn: Mir gefällt zwar nicht, wo du dir deine Freunde suchst, aber sie scheinen anständiger zu sein, als ihre Herkunft vermuten lässt.«

Sando wollte schon protestieren, da sah er, wie Tomrin ihm zuzwinkerte. *Lass mal*, schien dieses Zwinkern zu sagen. *Wir haben es geschafft.*

Ronan nickte, als hätte er den stummen Austausch der beiden Jungen mitangehört. Dann trat er zu Tomrin und legte ihm sanft die große Hand aufs Haar. Die Geste wirkte liebevoller als alles, was Sando dem Ritter je zugetraut hätte.

»Also gut«, sagte Ronan von Wiesenstein leise. »Wir brauchen sehr viel Fleisch, um einen Monsterdrachen zu ködern. Es ist schon spät, und wenn die Falle bis zu den Morgenstunden fertig sein soll, dürfen wir keine Zeit verlieren. Ich lasse eure Eltern wissen, dass ihr mit mir unterwegs seid, einverstanden? Und dann holen wir Osrum ab. Der alte Drachenflüsterer hat uns in diese Lage gebracht, also soll er uns auch aus ihr herausholen.«

Auf der Wiese vor dem Osttor der Stadt lag dichter Frühnebel. Morgentau hatte das Gras feucht gemacht, und der neue Tag ließ sich noch kaum erahnen. Dort, wo die Wiese in den Wald überging, äste ein Braunfelk unbekümmert vor sich hin.

Hanissa gähnte herzhaft. So langsam spürte sie den fehlenden Schlaf. Solange sie die Falle vorbereitet hatten, war die Nacht noch aufregend und voller

Abwechslung gewesen. Viel zu spannend, um sie zu verschlafen. Aber nun hockte Hanissa bereits seit zwei Stunden hinter ein paar Büschen und sah dem Gras beim Wachsen zu. Diese Warterei war so langweilig, dass sie immer müder wurde. Vielleicht fünfzehn Schritte entfernt befand sich der wohl größte Haufen Fleisch aller Zeiten. Rinderhälften, Schweineleiber, ganze Pferde und Grauzicken lagen dort wild übereinandergeworfen. Wann immer der Wind die Nebelschwaden aufriss, konnte Hanissa den Berg aus rohem, totem Getier aufragen sehen. Und sie roch ihn!

»Puh«, machte sie leise und fächelte sich frische Luft zu.

»Die Ratten?«, flüsterte Tomrin, der rechts von ihr hockte.

Hanissa nickte. »Die auch.«

Ausgerechnet Sando hatte darauf bestanden, den Berg mit so viel gestampfter Ratte zu übergießen, wie Osrums Vorratskammern hergaben.

»Euer junger Freund meint, dieser eklige Brei locke den Nachtfresser an«, murmelte Ritter Ronan. Er lag neben seinem Sohn im Gras und hatte bisher schweigend in den Nebel gestarrt. »Und Osrum hat ihm nicht widersprochen.«

Sando, der Drachenfachmann. Der Gedanke ließ Hanissa leise kichern. Sando lag links von ihr und schnarchte bereits seit über einer Stunde friedlich. Sein übervorsichtiger Onkel hatte ihn gar nicht gehen lassen wollen, war aber von Ritter Ronan beruhigt worden.

Wenige Meter hinter Ronan und den drei Freunden begannen die Reihen der Gardesoldaten. Rings um den Fleischberg verteilt, lagen sie auf der Lauer, im hohen Gras verborgen und die Waffen griffbereit. Alle warteten darauf, dass ihnen Fleck in die Falle ging.

Tomrin grinste. »Feylor von Garsting und seine Monsterjäger wissen nichts von alldem«, flüsterte er Hanissa zu.

»Stell dir nur mal Feylors Gesicht vor, wenn er erfährt, dass sein Ungeheuer gar keins war.«

»Pssst«, machte Sando tadelnd. Er musste gerade erst wach geworden sein, benahm sich aber so, als habe nur er alles im Griff. »Nicht reden. Sonst hört uns Fleck noch und kommt nicht.«

Tomrin und Hanissa grinsten sich an, schwiegen aber.

Weitere endlos scheinende Minuten verstrichen. Nach und nach wurde es heller, und der Morgennebel begann sich aufzulösen. Dann geschah es.

Hanissa zuckte zusammen, als Tomrins Ellbogen gegen ihre Rippen stieß. »Was denn?«, flüsterte sie unwirsch.

Der Junge sah sie warnend an. *Kein Wort*, formten seine Lippen, und er nickte nach rechts zur Stadtmauer.

Hanissa folgte seinem Blick und erstarrte. Der Großteil der alten Wehrmauer lag noch im Nebel. Nur hier und da lugten die verfallenden Giebel und Dächer des Ostends aus dem weißen Dunst hervor. Doch über dem Tor wurden nun riesige Schwingen sichtbar.

Hanissa schauderte unwillkürlich. *Der Nachtfresser!*

Das riesige Drachentier war wenig mehr als ein finsterer Schatten. Seine ausgebreiteten Schwingen hoben und senkten sich, während er hinter der Mauer in den Himmel stieg. Seine nur schemenhaft erkennbaren Gliedmaßen, seine Klauen und sein langes Maul voller spitzer Zähne waren verzerrt vom Nebel. Das war kein Drache, sondern vielmehr ein Albtraum von einem Drachen – zumindest ließen die weißen Schwaden ihn so wirken. Und er hielt direkt auf die Wiese jenseits des Osttors zu.

Hanissa sah, wie Ritter Ronans Hand zum Schwertknauf wanderte und die glänzende Waffe zog.

Ronan drehte den Kopf, blickte hinter sich und nickte seinem Stellvertreter zu, der die Gardisten befehligte. Der Mann sah seinen Vorgesetzten an und nickte ebenfalls. Die Garde war bereit für den Einsatz.

Das Geräusch lederner Schwingen näherte sich. Als Hanissa wieder zur Wehrmauer schaute, war der Nachtfresser bereits bis auf wenige Dutzend Meter herangekommen. Zielstrebig steuerte er auf den Fleischberg zu. Hanissa musste plötzlich an Osrum denken. Auch er hockte hier irgendwo im dichten Gras und wartete auf seinen Einsatz. Was er jetzt wohl dachte?

»Ruhig, ganz ruhig«, presste Ritter Ronan zwischen zusammengebissenen Zähnen hervor.

Hanissa warf dem Ritter einen kurzen Blick zu. *Der ist also auch nervös …*

Wie ein Raubvogel schoss der Nachtfresser aus dem Himmel herab. Es rauschte, als der riesige Drache sich auf dem Berg aus toten Tierleibern niederließ und die Schwingen zusammenfaltete. Die mächtige Drachenschnauze näherte sich dem Fleisch, schnupperte daran. Dann begann er zu fressen. Wieder und wieder riss er mit seinen spitzen, geifernassen Zähnen Fleischfetzen aus dem Berg, schmatzte und kaute. Er ahnte nichts von den Soldaten, die in seiner Nähe lauerten.

Bis diese auf ein Zeichen von Ritter Ronan plötzlich aufsprangen!

»JEEEETZT!«, brüllte dieser. Er stemmte sich auf und rannte los, das Schwert hoch erhoben.

Sofort folgten die Soldaten seinem Beispiel. Sie stürmten aus allen Richtungen gleichzeitig auf den

Fleischberg zu. Dabei hielten sie große, dichtmaschige Netze in die Höhe.

Bevor Fleck begriff, was passierte, waren sie heran. Panisch und vollkommen verwirrt zuckte das riesige Tier zusammen. Sein Kopf drehte sich nach links und nach rechts, doch es sah nichts als Gegner. Seine Klauen öffneten und schlossen sich, und ein bedrohliches Knurren drang aus seiner Kehle, bei dem Hanissa ganz mulmig wurde.

Der Nachtfresser wollte gerade wieder die Flügel ausbreiten und in die Luft fliehen, da warfen Ronans Männer ihre Netze über ihn. Schnell eilten sie an die Enden der Netze, verknoteten sie und banden schwere Steine an ihnen fest.

Mittlerweile war aus Flecks Knurren ein klagendes Heulen geworden. Der Drache schien nicht mehr ein noch aus zu wissen, denn die Netze drückten ihn nun auf den Fleischhaufen. Er war völlig hilflos, und das ließ seine Angst immer größer werden.

»Schnell, Nissa. Wir müssen uns sputen!« Als sie sich umdrehte, stand plötzlich Osrum neben ihr und streckte ihr die Hände entgegen. Es dauerte einen Moment, bis sie begriff, was er wollte. *Den Gegenzaubertrank!* Sofort zog sie das Fläschchen aus ihrer Tasche und gab es ihm.

Osrum zögerte nicht. Er rannte auf den gefangenen Fleck zu, erklomm die Reste des Fleischbergs und hockte sich neben das Maul seines riesigen, kleinen Drachen. Er wollte gerade das Fläschchen öffnen, da erscholl lautes Gebrüll und Hufschlag.

»HAAAALT! Niemand bewegt auch nur einen Muskel, verstanden?«

Ratlos sahen sich Tomrin, Hanissa und Sando um. Aus dem Nebel bewegten sich zahlreiche Reiter auf sie zu. Sie kamen aus Richtung des Osttors, und an ihrer Spitze befand sich …

»Feylor.« Tomrin stöhnte. »Der hat uns gerade noch gefehlt.«

Im nächsten Moment war der Stadtmarschall mit seinen Begleitern, der Leibgarde des Barons, herbeigeeilt. Er besah sich die Lage, dann blickte er Tomrins Vater an. »Was geht hier vor sich, Hauptmann?«, fragte er streng.

»Wir waren soeben im Begriff, den Nachtfresser unschädlich zu machen«, sagte Ronan.

Feylors Miene verdüsterte sich. »Warum weiß ich davon nichts?«

»Uns blieb keine Zeit, Herr. Wir mussten schnell handeln«, erklärte Ronan. »Und nun lasst uns unsere Arbeit beenden.«

»Nichts dergleichen werdet ihr tun!«, brauste Feylor von Garsting auf. »Wir übernehmen ab hier. Zieht mit Euren Leuten ab, Hauptmann.«

»Aber Herr, wir können …«, setzte Tomrins Vater an, doch er wurde unterbrochen.

»Nichts könnt Ihr. Das habt Ihr in den letzten Tagen oft genug bewiesen. Und daher werden wir dafür sorgen, dass die Bedrohung durch dieses Ungeheuer ein für alle Mal ein Ende findet.«

»Nein!«, rief Hanissa aus. »Er ist kein Ungeheuer. Er ist nur ein …«

»Habe ich dir erlaubt, den Mund zu öffnen, freches Balg?«, fuhr Feylor von Garsting das Mädchen an und wandte sich dann wieder an Tomrins Vater. »Ritter Ronan von Wiesenstein, nehmt endlich Eure Soldaten und diese Kinder und steht uns nicht länger im Weg!«

»Aber …«, setzte Hanissa erneut an.

Ronan legte ihr die Hand auf die Schulter. »Still, mein Kind. Es hat jetzt keinen Sinn.« Er blickte zu Osrum hinüber. Der alte Drachenzüchter ließ die Schultern hängen.

Zwei Gestalten lösten sich aus Feylors Gefolge und ritten zu dem gefangenen Fleck hinüber. Es waren die Monsterjäger – der Schönling Sardor und sein missmutiger Begleiter Klynt.

»Dieses Ungeheuer ist gefasst«, verkündete Sardor unnötigerweise. Er blickte in Richtung des Koboldkastens am Ende seines Sattels, als erwarte er neue Lobeshymnen. Als keine kamen, fuhr er fort. »Mein

Mitstreiter und ich werden das Monster zum Marktplatz bringen, denn so will es der Baron, der dieser schönen, endlich wieder sicheren Stadt vorsteht. Dort soll der schreckliche Nachtfresser noch vor der Mittagsstunde öffentlich gerichtet werden.«

»Gesetz ist Gesetz, Hauptmann«, sagte Feylor mit spöttischem Lächeln zu Ritter Ronan. »Ihr versteht das sicherlich.«

»Gerichtet?«, wiederholte Hanissa. Besorgt sah sie zu Tomrin und Sando. »Was meint er damit? Was haben die vor?«

»Ihn zu töten«, antwortete Sando mit Grabesstimme. »Sie nehmen uns Fleck weg, um ihn zu erledigen.«

KAPITEL 13
Flecks Schicksal

Obwohl die Mittagssonne hell vom Himmel strahlte, war es für Tomrin, Hanissa und Sando die dunkelste Stunde des Tages, nein, sogar der ganzen Woche. Sie hatten sich solche Mühe gegeben, Osrum und Fleck zu helfen. Aber am Ende waren es doch Feylors Monsterjäger, die triumphierten. Sardor und Klynt hatten Fleck fortgeschleift, eingesperrt, und jetzt sollte er öffentlich gerichtet werden, damit die Bürger von Bondingor wieder ruhig schlafen konnten.

Der Marktplatz, auf dem die Richtbühne aufgebaut worden war, platzte beinahe aus allen Nähten. Hunderte von Bürgern – Menschen, Zwerge, Elfen, Gnome und andere Bewohner der großen Stadt – hatten sich eingefunden, um dem Spektakel beizuwohnen. Fleischer, Schankwirte und andere Opfer des Nachtfressers gaben ihre Geschichten mit dem Ungeheuer zum Besten. An Ständen wurde Gebratenes, Bier und Süßkram feilgeboten. Und einige ganz findige Händler, wie Scharivarus Latanubis, verkauften ihre letzten Nachtfresser-Schutzamulette – jetzt als Gedächtnismünzen. Es herrschte prächtige Stimmung.

Wir scheinen die Einzigen zu sein, die das hier nicht für ein Volksfest halten, dachte Tomrin düster. Hanissa, Sando und er saßen auf einer mitten auf dem Marktplatz aufgebauten Tribüne. Eigentlich war sie Würdenträgern der Stadt vorbehalten. Aber Tomrins Vater besaß als Hauptmann der Garde ein Anrecht darauf, dort zu sitzen, und er hatte sie mitgenommen. Von hier aus würden sie die beste Sicht auf das Geschehen haben – eine besondere Ehre, über die sie sich allerdings nicht freuen konnten.

Osrum, der ebenfalls auf der Tribüne saß, wirkte genauso unglücklich wie die drei. Und auch Tomrins Vater brütete mit finsterer Miene vor sich hin. Allerdings war sich Tomrin ziemlich sicher, dass er sich vor allem über Feylors herablassendes Verhalten ärgerte.

Natürlich schmückte sich der Stadtmarschall mit dem Sieg über den Nachtfresser. Mit Fleck und den beiden Monsterjägern im Schlepptau war er durch die Straßen gezogen und hatte dem Volk huldvoll zugewinkt. Und auch dieses mittägliche Ereignis feierte er, als habe er die Stadt von einem Heer Dämonen befreit.

Fahnen flatterten rund um die Richtbühne. Soldaten der Leibgarde des Barons standen im Kreis um sie herum. Der Henker schließlich war ein Mann von solch riesiger Gestalt, dass sich unter der schwarzen Kapuze mit dem schmalen Sehschlitz auch ein Troll hätte verbergen können. Seine Axt war fast so groß wie er selbst, und das scharf geschliffene Axtblatt glänzte unheilvoll in der Sonne.

»Wir müssen etwas unternehmen!«, murmelte Tomrin unruhig. Er hatte zu sich selbst gesprochen, aber natürlich hatten ihn Hanissa und Sando gehört.

»Was denn?«, fragte Sando. »Hanissa hat doch schon versucht, mit dem Stadtmarschall zu sprechen. Aber der wollte sie nicht anhören.« Er zuckte mit den Schultern. »Wir können natürlich die Soldaten angreifen, um Fleck zu retten. Aber ich glaube nicht, dass wir weit kommen würden.«

In diesem Augenblick wurden sie von einer Trompetenfanfare unterbrochen. Die Aufmerksamkeit aller richtete sich auf die Bühne. Ein Herold trat vor. »Höret und jubelt, Bürger von Bondingor!«, rief er mit lauter Stimme. »Der Nachtfresser wurde gefangen!«

Beifälliges Rufen und Klatschen drang aus der Menge.

»Die Gefahr ist gebannt!«

Der Jubel brandete erneut auf.

»Werdet nun Zeugen, wie das Ungeheuer seiner gerechten Strafe zugeführt wird.«

Der Beifall wurde lauter. Die Menge begeisterte sich immer mehr.

»Bürger von Bondingor, begrüßt euren Stadtmarschall Feylor von Garsting, seine furchtlosen Monsterjäger und das grausige Ungeheuer, den Nachtfresser!« Der Herold machte eine ausladende Geste, und Feylor von Garsting erklomm die Richtbühne. Unglücklicherweise war ein Teil der Menge schon darauf aus, dem Nachtfresser Schmähungen zuzurufen, sodass der Stadtmarschall mit einer eigenwilligen Mischung aus Applaus und unflätigem Gebrüll willkommen geheißen wurde.

Tomrin sah, dass Feylor dem ungeschickten Herold einen bösen Blick zuwarf. Wäre der Stadtmarschall an diesem Tag nicht in so guter Stimmung gewesen, hätte der Henker den bunt gekleideten Ausrufer zweifellos als Nachschlag serviert bekommen.

Dann kamen Sardor und Klynt auf die Bühne. Beide hatten ihre schwarzen nietenbesetzten Lederharnische poliert, bis sie glänzten. Sardor hatte sein riesenhaftes Schwert lässig über die Schulter gelegt und hielt eine schwere Kette in der Hand. An deren Ende befand sich ein großer Käfig auf Rollen, der aber nicht von Sardor gezogen, sondern von vier kräftigen Dienern geschoben wurde.

Im Inneren saß der Nachtfresser. Tomrin erkannte, dass Fleck zu einem traurigen Häuflein Elend zusammengesunken war. Aber die Menge sah in ihm nur die furchtbare Bestie.

Die Diener schoben den Käfig in die Mitte der Bühne und traten zur Seite. Unterdessen machte Feylor einen Schritt auf sein Publikum zu. »Bürger von Bondingor!«, rief er mit lauter Stimme. Auf seiner Miene lag hämischer Triumph. »Seht es euch an, das Ungeheuer. Die Bestie! Das Monstrum!« Und dann fing er an, aufzuzählen, was man dem Nachtfresser alles vorwarf.

Eine Bewegung zu seiner Linken lenkte Tomrin ab. Hanissa hatte sich zu ihm und Sando gedreht. Die Augen des Mädchens waren noch immer leicht gerötet. Als sie vor einer Stunde auf dem Marktplatz angekommen waren und gesehen hatten, wie die Richtbühne aufgebaut wurde, hatte Hanissa vor Zorn und Enttäuschung die Tränen nicht mehr zurückhalten können. »Tomrin hat recht«, sagte sie nun. »Wir müssen etwas unternehmen. Wir dürfen nicht zusehen, wie die Fleck umbringen!« Hanissa erhob sich von ihrem Stuhl.

»Wo willst du hin?«, fragte Tomrin.

»Nach vorn, zu den Soldaten.«

»Und dann?«

»Weiß ich noch nicht.«

Tomrin sah, wie sie die Hand in ihren Beutel steckte. Er wusste, dass darin das Fläschchen mit dem Gegenzaubertrank war. Osrum hatte es ihr wiedergegeben, nachdem Feylor und seine Männer ihnen Fleck entrissen hatten.

Der Junge stand ebenfalls auf. »Na schön. Ich komme mit.«

»Ich auch«, sagte Sando. »Ich sollte eh nicht hier oben sitzen. Macht mich ganz unruhig, dass mich alle sehen können.«

»Was habt ihr vor, Kinder?«, fragte Ronan von Wiesenstein.

»Wir können uns das nicht tatenlos ansehen, Vater«, antwortete Tomrin. Er deutete auf Feylor, der gerade beschrieb, wie er heldenhaft die Jagd nach dem Nachtfresser angeführt hatte.

»Ihr könnt nichts mehr dagegen tun«, sagte Ronan. »Es wäre mir auch lieber gewesen, wenn Fleck nicht getötet würde. Ich habe versucht, Feylor aufzuhalten. Ihr habt es gesehen. Aber er wollte nicht zuhören. Er braucht etwas, um die Bürger von Bondingor zufriedenzustellen. Und Fleck zu richten, das *wird* die Bürger zufriedenstellen.«

»Aber Fleck hat nichts Schlimmes getan!«, beharrte Tomrin.

»Er hat die Läden und Lager der Händler verwüstet und leer gefressen. Er hat die Bürger in Angst und Schrecken versetzt. Ob er das wollte, spielt keine Rolle. Er *ist* schuldig, und Feylor wird diese Schuld ausnutzen. Glaubt mir, es macht auch mich wütend, aber mir sind die Hände gebunden.«

»Du hast versprochen, Fleck zu helfen, wenn wir dir helfen, den Nachtfresser zu fangen!«, rief Tomrin vorwurfsvoll. Er wusste, dass er damit eigentlich zu weit ging, aber das war ihm im Augenblick egal.

Sein Vater beugte sich vor. Auf seiner Miene zeichnete sich Zorn ab, aber Tomrin sah, dass er nicht zornig auf ihn war, sondern auf sich selbst. »Ich habe nicht die Macht, Tomrin. Unter vier Augen hätte ich Feylor vielleicht umstimmen können. Aber schau dir doch an, was er hier für ein Spektakel abhält. Er wird niemals klein beigeben, nicht vor all den Leuten.«

»Aber es gibt doch jemanden in Bondingor, der mächtiger ist als er, oder?«, mischte sich Sando ein. »Baron Berun.«

Ronan von Wiesenstein blickte den Jungen überrascht an.

»Sando hat recht«, sagte Tomrin. »Wo ist der Baron? Wollte er nicht auch hier sein?«

Sein Vater nickte. »Ja, eigentlich schon. Vermutlich hat er mal wieder die Zeit vergessen.«

»Dann hol ihn, Vater. Ich bitte dich. Hol ihn und leg für Fleck ein gutes Wort bei ihm ein.« Tomrin warf seinem Vater einen flehenden Blick zu.

Ritter Ronan zögerte. »Ich werde zu spät kommen, selbst wenn ich reite wie der Wind.«

»Versuch es, Vater. Bitte. Wir kümmern uns um Feylor.«

Ronan runzelte die Stirn, nickte dann aber. »Osrum, du bürgst dafür, dass mein Sohn nicht neben Fleck auf dem Richtblock liegt, wenn ich zurückkomme.«

»Mit meinem Leben«, versprach der Drachenzüchter.

»Und deshalb verdient er den Tod!«, rief Feylor gerade mit lauter Stimme. Damit schien seine Rede vorbei zu sein, jedenfalls machte lauter Beifall jedes weitere Wort unmöglich.

»Wir müssen uns beeilen«, rief Hanissa.

Während Tomrins Vater loseilte, um den Baron zu holen, drängten Tomrin, Hanissa und Sando sich durch die Menge auf die Richtbühne zu. Osrum folgte ihnen.

Auf der Bühne öffneten die Diener unterdessen den Käfig. Sardor und Klynt sahen mit grimmigen Mienen zu, wie die vier Männer den in Ketten gelegten Fleck hervorzerrten. Der Drache zappelte und zerrte an seinen Fesseln. Er fauchte aufgeregt und versuchte, seine Schwingen zur Flucht auszubreiten.

Einer der Männer stolperte und ließ die Kette los. Die Menge hielt den Atem an. Fleck machte zwei unsichere Schritte auf Feylor zu. Doch in dem Moment trat Sardor vor. Lässig holte er mit seinem Schwert aus und verpasste dem Drachen mit der Breitseite einen Schlag auf den Kopf. Benommen sackte Fleck in sich zusammen.

»Nein!«, schrie Hanissa und drängte sich zu den Soldaten durch, die um die Bühne herumstanden.

»Du kannst hier nicht durch, Mädchen«, schnarrte einer der Männer.

»Doch. Lasst mich vorbei. Ich muss zu Fleck«, zeterte sie, während der Soldat sie mit eisernem Griff festhielt.

»Hier gibt es keinen Fleck«, sagte er. »Und jetzt lass mich in Ruhe, sonst verpasse ich das Beste.« Damit meinte er den Henker, der mit breiten Schritten und erhobener Axt auf den mittlerweile am Boden festgeketteten Drachen zustapfte. Flecks Kopf hatten sie auf einen hölzernen Richtblock gezwungen. Der lange Hals lag lang ausgestreckt da, um mit einem machtvollen Hieb durchgeschlagen zu werden.

Osrum baute sich vor dem Soldaten auf. »Mein Sohn, weißt du, wer ich bin?«

Der Soldat blinzelte unsicher. »Ihr seid Osrum Drachenschild. Es ist mir eine Ehre, Herr.«

»Schön zu hören. Und nun lass diese drei Kinder durch. Sie werden Herrn von Garsting schon keinen Dolch in die Rippen rammen.«

Der Soldat schüttelte den Kopf. »Tut mir leid, Herr, aber das darf ich nicht. Strikte Anweisung.«

Der Henker stellte sich breitbeinig neben Fleck und nahm Maß mit seiner Axt. Die Menge war jetzt vor Anspannung völlig still.

»Osrum …«, drängte Hanissa.

»Tut mir leid, Bursche«, sagte der Drachenzüchter. Er holte aus und verpasste dem Soldaten unvermittelt einen kräftigen Faustschlag gegen das Kinn.

Der Soldat ächzte und taumelte. Seine Kameraden schrien überrascht auf und drängten auf Osrum zu. »Los, Kinder!«, rief dieser, bevor er sich seinen neuen Gegnern zuwandte.

Der Henker hob seine gewaltige Axt hoch über den Kopf.

»Halt!«, schrie Tomrin. »Haltet ein!«

Feylor von Garsting warf ihm von oben herab einen kurzen Blick zu und schnaubte nur abfällig.

Starke Männerarme versuchten, nach den dreien zu greifen, doch sie duckten sich darunter hindurch.

Fleck riss das Maul auf und stieß ein herzzerreißendes Heulen aus. Der Henker hob die Axt noch ein wenig höher.

»Das schaffen wir nicht«, rief Sando. »Hanissa, gib mir den Zaubertrank.«

Rasch reichte ihm das Mädchen das Fläschchen mit der glitzernd weißen Flüssigkeit. Sando entkorkte es.

»Einfach nur werfen?«, fragte er Tomrin.

Der nickte.

Sando holte aus. Als Fleck zu einem weiteren flehenden Jaulen ansetzte, schleuderte er ihm mit einem geübten Wurf den Trank direkt ins Maul. Fleck entfuhr ein überraschtes Krächzen, dann schluckte er und hustete trocken.

Der Henker hielt verwirrt inne und ließ die Axt erneut sinken.

»Weitermachen!«, befahl Feylor von Garsting. »Nicht ablenken lassen.« Er warf den drei Freunden, die am Fuße der Bühne so einen Aufstand machten, einen zweiten Blick zu, diesmal warnend.

Erneut hob der Henker seine Axt. Seine mächtigen Armmuskeln traten gut sichtbar hervor. Er grunzte unter dem Gewicht der Waffe.

In diesem Augenblick fing Fleck plötzlich an zu zucken. Seine Klauen klackerten auf dem Holzboden der Bühne. Seine Schnauze verzog sich. Seine Flügel zitterten unkontrolliert, als leide er unter einem Anfall.

Wieder zögerte der Henker.

»Bei den Göttern, jetzt schlagt endlich zu, bevor wir hier festwachsen!«, brüllte Feylor mit hochrotem Kopf. Sardor grinste beifällig. Klynt schüttelte nur den Kopf.

»Ja, Herr«, grollte der Henker, riss zum dritten Mal und diesmal zu allem entschlossen die Axt in die Höhe und ließ sie dann herabsausen. Zischend durchschnitt der geschliffene Stahl die warme Mittagsluft. Hanissa schrie auf. Dann krachte die schwere Waffe auf den Richtblock und grub sich einen Fingerbreit in das Holz.

Doch der Drachenhals, der darauf gelegen hatte, war nicht mehr da. Der lange, knotige Hals und der mächtige, hässliche Schädel des Nachtfressers waren von einem Moment auf den anderen verschwunden. Auch die lederartigen Schwingen waren fort, die blitzenden Krallen, der verhornte, schmutzig grüne Leib.

Stattdessen saß auf einmal inmitten von viel zu großen Kettenfesseln ein kleiner Drache: Fleck.

Die Menge gab Laute des Erstaunens von sich. Der Henker riss sich die Kapuze vom Kopf – es war wirklich ein Troll! – und kratzte sich am breiten Schädel. »Was sein das?«

»Es hat geklappt!«, schrie Tomrin begeistert. »Der Gegenzaubertrank hat gewirkt.« Bevor irgendjemand ihn aufhalten konnte, sprang er auf die Richtbühne. »Das hier ist Fleck!«, rief er dem verwirrten Publikum entgegen. »Fleck ist ein kleiner Flugdrache aus der

Drachenschule von Bondingor. Er tut keiner Fliege etwas zuleide. Seht doch, er hat mehr Angst vor Euch als Ihr vor ihm.«

Das stimmte zweifellos. Fleck hockte wie erstarrt in einem Haufen von Ketten, hatte die kleinen Augen aufgerissen und die Ärmchen an die Brust gezogen. Er sah aus wie an dem Tag, als sie ihn zum ersten Mal gesehen hatten – nur das halbe Huhn in seinen Klauen fehlte.

»Fleck wollte keinem von Euch jemals etwas Böses. Seine Verwandlung zum Nachtfresser war ein Unfall. Seht her! Fleck hat verkrüppelte Flügel. Die Garde wollte ihn töten lassen, doch der gute Osrum brachte es nicht übers Herz. Deshalb versuchte er, ihn zu heilen. Mit einem Zaubertrank, der leider Nebenwirkungen hatte. Fleck bekam Angst und floh. Er verstand nicht, was mit ihm passiert war. Also versteckte er sich. Und weil er Hunger hatte, kam er nachts heraus, um zu fressen. Dabei hat er einiges kaputt gemacht, das ist wahr. Aber er hat es doch nicht gewollt.«

»Sehr rührend«, meldete sich Feylor von Garsting zu Wort. »Aber jetzt runter von der Richtbühne, Junge. Du hast hier nichts zu suchen.« Er gab Sardor ein Zeichen.

»Aber Fleck ist unschuldig!«, protestierte Tomrin, als der Monsterjäger ihn an der Schulter packte.

»Ist er nicht«, zischte Feylor. »War er der Nachtfresser?«

»Ja. Nein.«

»Hat er das Hab und Gut unserer treuen Bürger verwüstet und gefressen?«

»Na ja. Aber er wollte es doch nicht.«

Feylor lachte auf. »Wenn der Drache unschuldig ist, wer ist dann schuldig? Osrum Drachenschild?« Er deutete auf den Drachenzüchter, der mittlerweile von drei Soldaten überwältigt worden war. »Oder die Zauberer der Magischen Universität?« Sein Finger wanderte zu zwei bärtigen Männern auf der Tribüne weiter, die daraufhin entsetzt die Augen aufrissen.

»Wir wissen von keinem Zaubertrank«, rief der eine beunruhigt.

»Ein durchreisender Scharlatan muss ihn Osrum verkauft haben«, fügte der andere rasch hinzu.

»Also ist Osrum schuld, denn er hat sich nicht an uns gewandt«, sagte der Erste wieder. »Natürlich haben unsere Zaubertränke keine Nebenwirkungen.«

»Da könnte ich andere Geschichten erzählen …«, murmelte Hanissa zu Tomrins Füßen.

»Niemand ist schuld!«, rief auf einmal eine wohlklingende Stimme vom Rand des Marktplatzes. »Und alle sind schuld.«

Alle Anwesenden drehten die Köpfe. Ein Raunen ging durch die Menge, als sie sahen, wer soeben eingetroffen war: Baron Berun von Bondingor mit seinem Gefolge. An seiner Seite ritt Ronan von Wiesenstein und wirkte sehr zufrieden.

»Komm, Sardor«, knurrte Klynt seinem Gefährten zu. »Verschwinden wir. Ich glaube, hier ist nichts mehr zu holen für uns.«

Der blonde Monsterjäger nickte unglücklich.

»Was meine ich damit?«, fuhr Berun unterdessen mit lauter Stimme fort. Eine Gasse hatte sich in der Menge gebildet, durch die er zur Bühne ritt. Der Baron war ein dicklicher Mann, dem man nachsagte, dass er sich mehr für die schönen Künste als die Politik interessierte. Aber noch war seine Stimme Gesetz in Bondingor, und wenn er sprach, hörten ihm alle zu – auch ein finster dreinblickender Feylor von Garsting. »Wir alle sind schuld«, wiederholte Berun. »Fleck ist schuld, weil er seinem Züchter nicht vertraut hat. Er floh vor ihm und kam dann allein nicht zurecht – die Folgen haben wir erlebt.«

Der Jungdrache quäkte betreten.

»Dieser betrügerische Magier ist schuld, denn er verkaufte Osrum Drachenschild einen schlechten Zaubertrank.«

Niemand bemerkte, wie Scharivarus Latanubis heimlich den Marktplatz verließ, bevor jemand mit dem Finger auf ihn deuten konnte.

»Osrum Drachenschild ist schuld, weil er Fleck nicht tötete, sondern ihn zu heilen versuchte. Es war eine barmherzige Geste, aber er hat trotzdem ein Gesetz gebrochen, das vorschreibt, alle für den Militärdienst untauglichen Drachen zu töten.« Baron Berun, der nun die Bühne erreicht hatte, runzelte die Stirn. »Das ist übrigens ein ziemlich dummes Gesetz, wie mir gerade auffällt. Wer hat es erlassen?«

»Euer Vater, mein Herr«, sagte einer seiner Berater.

Baron Berun verzog das Gesicht und nickte. Er ließ sich von seinem Pferd helfen und schritt die Richtbühne hoch. »Nun denn«, sagte er. »Dann hebe ich es hiermit auf. Denn wer sind wir, dass wir entscheiden dürfen, wer lebt und wer stirbt? Ist ein Drache weniger wert, weil er nicht fliegen kann? Ist er so wenig wert, dass wir ihn töten dürfen? Ist er ein Nichts?« Der Baron sah sich fragend um.

Die Menge starrte ihn wie gebannt an.

»Ich sage: Nein! Alles hat einen Wert, auch wenn wir ihn nicht direkt erkennen. Für die Götter gibt es kein Nichts. Selbst der Kleinste unter uns …«, er deutete auf Fleck, »… hat einen Platz in ihrem großen Plan. Davon bin ich überzeugt. Und deshalb erlasse ich nun Folgendes: Alle Händler, die durch den Nachtfresser zu Schaden gekommen sind, werden von mir persönlich entschädigt. Osrum Drachenschild soll bestraft werden, weil er ein Gesetz gebrochen hat. Und seine Strafe sei, zukünftig alle Drachen, die nicht für den Militärdienst geeignet sind, in seinem Drachenhof zu hegen und zu pflegen, bis wir eine andere Verwendung für sie gefunden haben. Ist das zu viel der Strafe, Osrum?«

»Nein, mein Herr. Es wird mir eine Ehre sein.« Der alte Drachenzüchter strahlte.

»Und diese drei hier …«, der Baron winkte Hanissa, Sando und Tomrin zu sich, »… auch sie verdienen eine Strafe. Denn obwohl sie tatkräftig mitgeholfen haben, den Nachtfresser zu fangen, haben sie sich gegenüber ihren Eltern ungehorsam verhalten.«

»He, das stimmt gar nicht«, setzte Sando an. »Gump hat mir nie verboten …«

»Still«, zischte Tomrin und knuffte ihn in die Seite.

»Sie waren unverantwortlich leichtsinnig«, erklärte Berun mit strengem Blick. Doch dann lächelte er. »Um sie Verantwortung zu lehren, erlasse ich, dass sie sich fortan um diesen Jungdrachen Fleck kümmern müssen. Und ich warne euch!« Er hob einen Zeigefinger. »Wenn mir zu Ohren kommt, dass Fleck noch einmal eine Fleischerei überfällt, werdet ihr den Schaden persönlich in meiner Burg abarbeiten.«

Tomrin verbeugte sich. »Ja, mein Herr.« Ein Lächeln breitete sich auf seinem Gesicht aus. »Habt vielen Dank!«

»So sei es«, schloss Baron Berun von Bondingor und breitete mit wohlwollendem Lächeln die Arme aus. Und die Bürger auf dem Marktplatz jubelten ihm zu.

»Alles verändert sich. Ach, verdammt.« Glukk der Wasserspeier stöhnte ungehalten und sah zu der Schäfchenwolke am blauen Himmel, aber die gab keine Antwort. Auch sie schien ihn mit seinem Kummer allein zu lassen. Elende Schäfchenwolken!

Seit diese Rasselbande in Glukks Nachbarschaft umherstreifte, waren sogar die schönen Sonnentage nicht mehr wie früher. Ständig passierte etwas, fiel etwas um oder rannte jemand über den so herrlich abgelegenen Innenhof. Die Ruhe von einst war vorbei – und Glukk vermisste sie sehr. Hatten diese Gören denn nichts Besseres zu tun, als sich in ihrem dämlichen Geheimversteck zu treffen? Hatten sie denn kein Mitleid mit einem alten Speier, der nicht wegkonnte?

»Ach, was«, beantwortete er sich die Frage selbst. »*Die* doch nicht. Und dieses Drachenvieh noch weniger …«

Fleck. So hieß das grüngraue Geschöpf. Glukk hasste ihn inbrünstig.

Dabei … Irgendwie war er ja auch ganz niedlich. Zumindest, solange er klein blieb. Und dafür hatten die Gören zum Glück gesorgt.

Ein Poltern riss den Wasserspeier aus seinen trübseligen Gedanken. Seufzend sah er zu Boden, wo – *natürlich!* – wieder eines dieser Bälger durch das Gerümpel lärmte. Es war das Rothaarige, Hanissa. Eigentlich mochte Glukk sie, aber seit sie ihm die Jungen und vor allem das Vieh angeschleppt hatte, war er sich nicht mehr so sicher.

»Ich hab's!«, rief sie, als sie das Fenster hinter der Plane öffnete und davor stehen blieb. Die Jungen, sah Glukk, standen im Wohnzimmer und blickten ihr entgegen. Sie wirkten besorgt – vorsichtig ausgedrückt.

»Du hast einen besseren Gegenzauber? Einen, der für immer wirkt? Sollen wir dir wieder Zutaten für einen Trank besorgen?« Der Schwarzhaarige, Sando, klang, als mache er sich gleich vor lauter Angst in die Hose. Und irrte sich Glukk, oder drang da ein eigenartiges Grollen aus dem Dunkel im Inneren des Hauses?

»Pah! Ihr? Euch lasse ich nicht mal mehr *mit Einkaufszettel* auf den Markt.« Hanissa schnaubte abfällig. »Alles muss man hier selbst erledigen – wie immer.«

»Wie meinst du das?«, fragte der Blonde.

Glukk seufzte. »Das ist Tomrin«, erklärte er der schweigenden Wolke, die sich keine Spur dafür interessierte. »Der Kerl ist noch keine vier Käse hoch, hat aber schon HELD quer über die Stirn geschrieben – sozusagen. Zumindest benimmt er sich so.«

»Ich meine«, sagte Hanissa so leise, dass es fast schon bedrohlich klang, »dass wir ohne euren Fehlkauf gar nicht in diesem Schlamassel stecken würden.«

Oha, gab es Probleme? Glukk wollte den dreien nichts Böses, aber irgendwie freute es ihn zu hören, dass im unsichtbaren Haus nicht alles zum Besten stand. Vielleicht zogen die Gören dann endlich weiter, und er bekam seine Ruhe zurück.

Da ertönte ein lautes Poltern aus dem Inneren des Hauses.

Tomrin wandte sich um. »Ganz ruhig, Fleck«, rief er unsicher ins dunkle Rauminnere. »Das … wird schon wieder.«

»Mhm«, machte Hanissa. »Aber nur auf Zeit, fürchte ich. Ich hätte es wissen müssen …«

»Was denn?«, drängte Sando und klang schon fast ein wenig quengelig. »Ich will nicht hetzen, aber wenn wir nicht bald etwas unternehmen, reißt uns Fleck hier die Zimmerdecke ein.«

»Dass der Gegenzaubertrank, den ich für Fleck gebraut habe, nur mit der Sternrosenessenz aus OGMOGS ZAUBERHÜTTE richtig wirkt«, antwortete Hanissa. »Ich sagte doch, dass die Essenz, die ihr besorgt habt, eigenartig schal roch. Aber nein, wir *mussten* ja schnell fertig werden …«

Tomrin verzog das Gesicht. Glukk sah, dass hinter dem Jungen Holzspäne zu Boden rieselten. Auch das verbliebene Stück Außenmauer schien zu wackeln – als drücke etwas von innen dagegen. Etwas ziemlich Großes!

»Und jetzt?«, fragte Tomrin zaghaft. »Hast du in der Bibliothek herausgefunden, ob wir Fleck den Trank ein zweites Mal brauen können? Nissa, wir *müssen* ihm helfen!«

Das Mädchen schüttelte den Kopf. »Geht nicht. Das klappt leider nur einmal, und einen anderen Zauber gibt es nicht. Aber auf dem Weg von der Bibliothek hierher ist mir etwas eingefallen ... Wisst ihr noch, wann sich Fleck vorhin verwandelt hat?«

Ver*was*? Glukk traute seinen in Stein gemeißelten Ohren kaum. Das Vieh verwandelte sich wieder? Aber das war unmöglich ... oder? »In meinem Innenhof«, jammerte er leise und sah Hilfe suchend zu der Schäfchenwolke, die sein Elend nicht zu kümmern schien. »Der Nachtfresser ist in meinem Innenhof. *Und er verwandelt sich wieder!*«

»Wie könnte ich das vergessen«, antwortete Sando auf Hanissas Frage. »Wir hatten ihn ja gerade hierher gebracht. Tomrin hat mit ihm auf dem Fußboden gespielt, und du hast deine Zauberübungen gemacht. Dabei hat es in deinem Kessel geknallt und ...« Plötzlich wurden seine Augen groß.

Auch Tomrin schien zu begreifen.

»Er hat Angst bekommen«, sagte Hanissa und nickte fest. »Fleck verwandelt sich nicht mehr *ganz* unkontrolliert, dafür hat unser Trank gesorgt. Aber weil wir die falsche Sternrosenessenz verwendet haben, kommt hin und wieder doch noch der Nachtfresser in ihm durch – wenn er Angst hat.«

Ein schrecklich lautes Knurren und Krachen ließ sie zusammenzucken.

Sando drehte sich um. »Oha, jetzt hat er den Tisch umgestoßen. Ruhig, Fleck. Nissa zaubert doch gar nicht. Wir *reden* nur davon.«

»Du meinst also, Fleck wird wieder klein, wenn seine Angst verschwindet?«, fragte Tomrin.

»Da bin ich mir sogar ziemlich sicher.« Hanissa deutete ins Innere des Raumes, wo Glukk mittlerweile grüngraue Drachenhaut zu erkennen glaubte. Sie schien nahezu das gesamte Zimmer auszufüllen. »Wir müssen ihn nur beruhigen. Momentan fühlt er sich vermutlich eingesperrt – so groß in dem vollgestopften Zimmer.«

»Nur?«, murmelte Sando. »Hat die wirklich gerade *nur* gesagt?«

»Und was dann?«, hakte Tomrin nach. Er schien noch nicht überzeugt. »Wer garantiert uns, dass Fleck nicht jedes Mal zum Riesendrachen wird, wenn er sich erschreckt?«

»Niemand«, antwortete Hanissa seufzend. »Das Risiko werden wir tragen müssen. Und jetzt tritt mal zur

Seite, damit ich zu euch kann, bevor er noch meine Bücher platt trampelt.«

Die Jungen halfen Hanissa durch das offene Fenster. Als sie zur Seite traten und ihr Platz machten, sah Glukk den Drachen besser. Fleck war tatsächlich wieder groß, wenn auch längst nicht mehr so riesig, wie er als Nachtfresser gewesen war. Er überragte Tomrin um vielleicht einen Meter. Außerdem drohte er die Wohnstube der Drachengasse 13 völlig zu verwüsten.

»Ein Hauptmannssohn, eine Zauberin und ein kleiner Drache, der zum ungeschickten Riesen wird, wann immer er Angst bekommt«, murmelte Sando und sah zum Himmel, als wolle auch er die Hilfe der sturen Schäfchenwolke erbitten. »Warum habe ich mich nicht den beiden Zwergen Orin und Borin aus dem Hafenviertel angeschlossen?«

Hanissa lächelte. »Weil die viel langweiliger sind als wir«, sagte sie. »Und jetzt hilf mir, unseren Drachen wieder stubenklein zu bekommen.«

»Und lasst ihn so bloß nicht in die Nähe der METZGEREI GLÜCKSSCHWEIN«, sagte Tomrin. Er legte seinen neuen Freunden je einen Arm um die Schultern. »Sonst futtert Fleck sie leer, und Berun lässt uns dafür zahlen, bis wir so alt wie Feylor sind.«

Sando riss erschrocken die Augen auf. »Machst du Witze? So alt wie der will ich nie werden …«

Dann flog die Plane wieder an ihren Platz und verbarg das Fenster vor Glukks neugierigen Blicken.

»Eins sag ich dir«, murmelte der Wasserspeier und sah der kleinen Wolke nach. »Wenn die nicht ausziehen, mach ich's!«

Ende

Die Autoren

BERND PERPLIES, geboren 1977 in Wiesbaden, studierte Film- und Literaturwissenschaft in Mainz. Bis heute hat er über 40 Romane verfasst, vor allem Fantastisches für Erwachsene und Kinder. Seine Werke haben mehrere Preise gewonnen und wurden in zehn Sprachen übersetzt. Mehr über ihn erfahrt ihr auf: www.bernd-perplies.de

CHRISTIAN HUMBERG wuchs im Herzen der Vulkaneifel auf. Heute schreibt er Romane, Comics, Theaterstücke und Sachbücher für große und kleine Leser, die bislang in knapp ein Dutzend Sprachen übersetzt wurden. Anlässlich der Frankfurter Buchmesse wurde der Schriftsteller und Literaturübersetzer im Oktober 2015 mit dem Deutschen Phantastikpreis ausgezeichnet. Wer noch mehr über ihn wissen möchte, erfährt es unter www.christian-humberg.de.

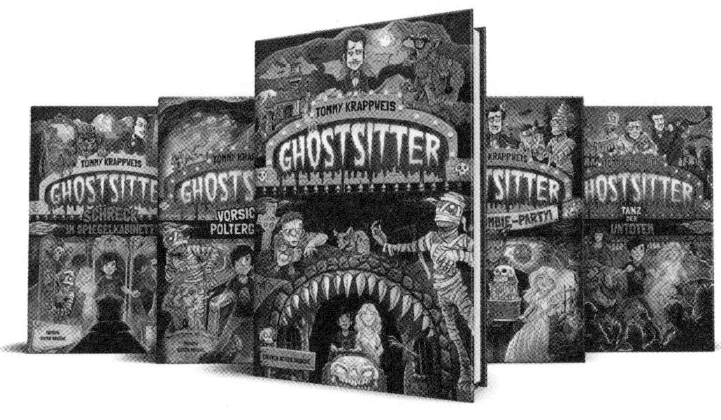

TOMMY KRAPPWEIS
GHOSTSITTER

Falls Euch das Buch gefallen hat, besucht unsere Präsenzen im Netz und folgt uns auf den sozialen Medien:

roterdrache.org

www.roterdrache.org/catalog

editionroterdrache

Verlag.EditionRoterDrache

Edition Roter Drache

@EditRoterDrache

RoterDrache2006

Die Edition Roter Drache ist Fördermitglied im

Phantastik-Autoren-Netzwerk e.V.

www.phantastik-autoren.net

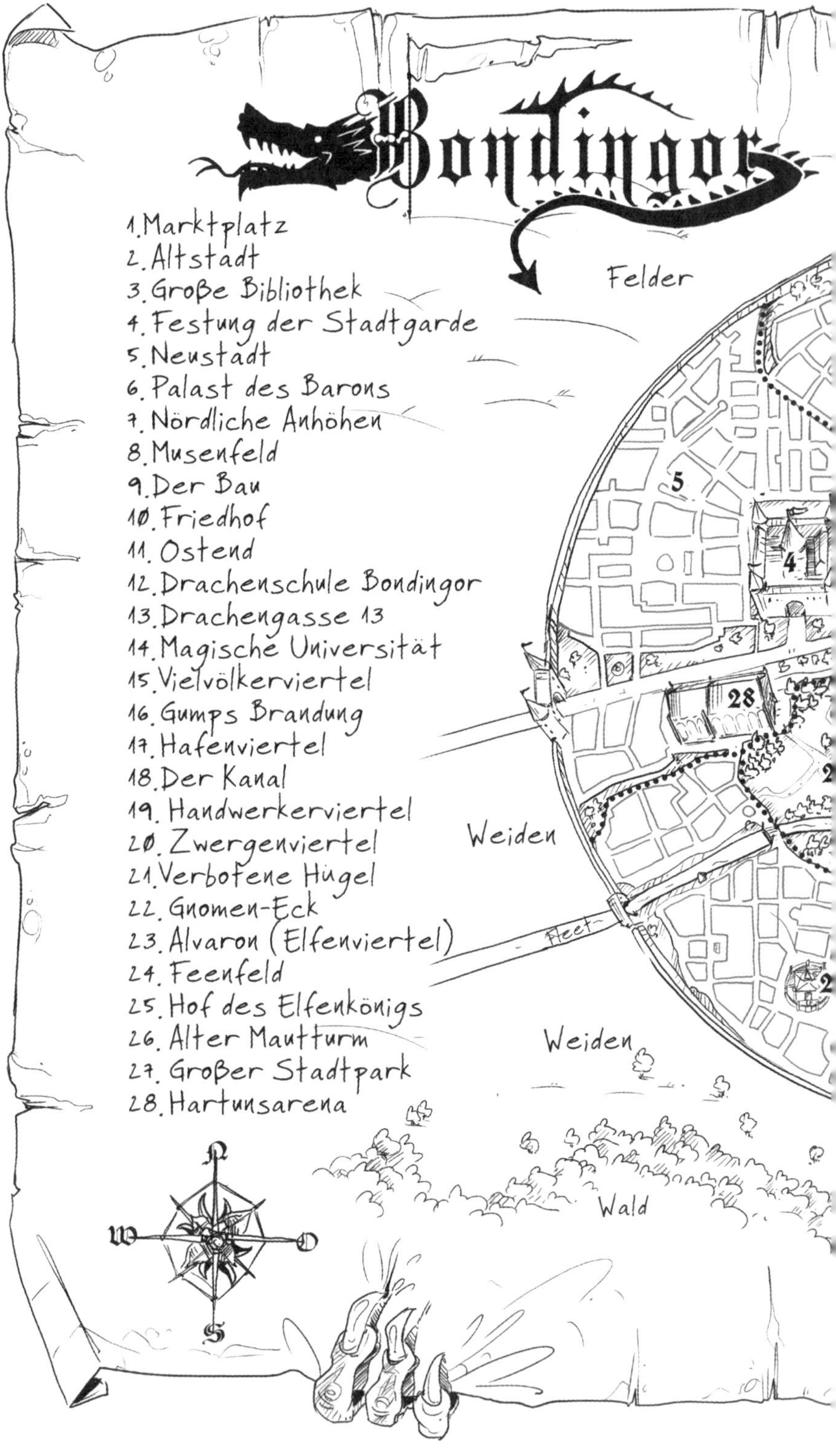
Bondingor
1. Marktplatz
2. Altstadt
3. Große Bibliothek
4. Festung der Stadtgarde
5. Neustadt
6. Palast des Barons
7. Nördliche Anhöhen
8. Musenfeld
9. Der Bau
10. Friedhof
11. Ostend
12. Drachenschule Bondingor
13. Drachengasse 13
14. Magische Universität
15. Vielvölkerviertel
16. Gumps Brandung
17. Hafenviertel
18. Der Kanal
19. Handwerkerviertel
20. Zwergenviertel
21. Verbotene Hügel
22. Gnomen-Eck
23. Alvaron (Elfenviertel)
24. Feenfeld
25. Hof des Elfenkönigs
26. Alter Mautturm
27. Großer Stadtpark
28. Hartunsarena
Felder
5
4
28
Weiden
Fleet
Weiden
Wald
N
W
O
S